合肥词钞(点校本)

[民国]李国模 辑

李庆霞 点校

时代出版传媒股份有限公司
安徽教育出版社

图书在版编目（CIP）数据

合肥词钞：点校本 / 李国模辑；李庆霞点校. —
合肥：安徽教育出版社，2023.11
ISBN 978-7-5336-8537-9

Ⅰ.①合… Ⅱ.①李… ②李… Ⅲ.①词（文学）—作品集—中国—民国 Ⅳ.①I222.86

中国国家版本馆CIP数据核字（2023）第071481号

合肥词钞（点校本）

HEFEI CICHAO(DIANJIAO BEN)

出 版 人：费世平
策　　划：陶忠娣
责任编辑：陶忠娣
装帧设计：裴霖霖
责任印制：陈善军

出版发行：安徽教育出版社
地　　址：合肥市经开区繁华大道西路398号　邮编：230601
网　　址：http://www.ahep.com.cn
营销电话：(0551)63683012,63683013
排　　版：安徽时代华印出版服务有限责任公司
印　　刷：安徽新华印刷股份有限公司

开　　本：880 mm×1230 mm　1/32
印　　张：9.75
字　　数：201千字
版　　次：2023年11月第1版
印　　次：2023年11月第1次印刷
定　　价：58.00元

（如发现印装质量问题，影响阅读，请与本社营销部联系调换）

目 录

前言/1

校点说明/45

合肥词钞/1

 合肥词钞序/3

 采辑书目/4

 合肥词钞总目录/5

 卷一/6

  龚鼎孳（七十三首）/6

   长相思·和其年赠杨枝/6

   点绛唇·咏草，用和靖韵/6

   采桑子·湖楼坐月/6

   采桑子·席上有赠/7

    其一（空阶璧月团珠露）/7

    其二（何来一串真珠滑）/7

    其三（樽前十日相逢九）/8

    其四（相看百日晨连夕）/8

   采桑子·赠徐木千/8

   罗敷媚·西陵吊苏小小/9

   菩萨蛮·代友人惜别/9

阮郎归·春去，用史邦卿韵/9

画堂春·代友人赠所欢/9

眼儿媚·邸怀/10

西江月·广陵寄忆，用史邦卿闺思韵/10

西江月·春日湖上/10

西江月·为陈郎新婚/11

西江月·渡江/11

浪淘沙·春夜同秋岳小饮/11

南乡子·感怀，和雪堂先生韵/11

南乡子·月夜/12

鹊桥仙·楼晤/12

小重山·重至金陵/12

踏莎行·送春/13

临江仙·偕内人湖舫送春/13

临江仙·除夕狱中寄忆/13

临江仙·感怀，和雪堂先生韵/14

苏幕遮·同内人湖舫送春，用范希文韵/14

青玉案·虎丘/14

祝英台近·闻暂寓清江浦，用辛韵/15

鹤冲天·题莼鲛小像，和葆盼原韵/15

玉人歌·本意/15

满江红·为孙秋我新纳姬人催妆和韵/16

满江红·拜岳鄂王墓，敬和原韵/16

满庭芳·家弟宴集/17

满庭芳·韦公祠西府海棠繁艳甲于京师，不减慈恩牡丹也。三月十八日社集其下，感幸系之/17

满庭芳·雨中花叹/18

满庭芳·遗闰人新茗/18

水调歌头·述怀，用苏东坡中秋韵/19

醉蓬莱·为仲弟孝绪寿/19

锁窗寒·闻子规/19

高阳台·和秀公为张维则催妆/20

念奴娇·和雪堂先生感春/20

念奴娇·和吴修蟾雨中春恨/21

念奴娇·和寄秋我/21

念奴娇·雨夜再送青藜，叠纬云除夕韵/21

念奴娇·花下小饮，时方上书有所论列/22

念奴娇·中秋和其年/22

东风第一枝·楼晤，用史邦卿韵/23

东风第一枝·暮秋同秋岳/23

万年欢·癸未春作/24

木兰花慢·和雪堂先生感怀/24

玉烛新·上元狱中寄忆/24

水龙吟·为内弟寿/25

石州慢·感春/25

望海潮·过钱武肃王祠，用秋岳韵/26

望海潮·感春/26

薄幸·秋岳将以病去湖上，留饮寓斋，命制一词，即用其韵/26

风流子·社集天庆寺送春，和舒章韵/27

过秦楼·送春，用吴修蟾饯春韵/27

沁园春·读其年《乌丝词》，次宋荔裳、王西樵、曹顾庵韵/28

沁园春·赠柳敬亭/28

沁园春·题其年《乌丝词》/29

  其一（彼美何其）/29

  其二（髻且毋归）/29

  其三（公勿渡河）/30

  其四（文士何如）/31

贺新郎·《影梅庵忆语》久置案头，不省谁何持去，辟疆再为寄示，开卷泫然/31

贺新郎·送陆金粟省亲归梁溪/32

贺新郎·代人赠别/32

贺新郎·和赠其年/33

  其一（玉笛西风发）/33

  其二（一曲骊歌发）/33

  其三（津柳霜飙发）/34

贺新郎·赠柳叟敬亭/34

大酺·金陵怀古，和秋岳韵/35

李天馥（二十七首）/35

    明月斜·宫怨/35

    花非花·无题/36

    捣练子·闺情/36

    忆江南·春日/36

        其一（天气暖）/36

        其二（园林好）/36

    忆江南·临镜/37

    忆王孙·春望/37

    望江怨（空瘦损）/37

    相见欢·采莲/37

    长命女·春闺/38

    采桑子（恼人偏是长亭柳）/38

    菩萨蛮·闺情/38

    菩萨蛮·纪游，和龚芝麓尚书/39

    巫山一段云·旅暮/39

    小阑干·秋行/39

    浪淘沙·七夕/40

    鹧鸪天·闺情/40

    虞美人·看花/40

    小重山·闺情/41

    临江仙·春怨/41

    后庭宴·晓行/41

    渔家傲·本意/42

醉春风·闺怨/42

　　行香子·佳人/42

　　念奴娇·送秦以御/43

　　沁园春·记梦/43

　　贺新郎·京师有优人新婚，戏以为贺/44

许孙荃（二首）/44

　　浣溪沙·秋景/44

　　南乡子·村行/45

李孚青（五首）/45

　　菩萨蛮（溪山深处寻秋色）/45

　　柳梢青·静香楼四时曲/45

　　　其一·春/45

　　　其二·夏/46

　　　其三·秋/46

　　　其四·冬/46

秦篆（一首）/46

　　临江仙·咏早春/46

何五云（二十七首）/47

　　十六字令·咏莲/47

　　法驾导引·雨/47

　　生查子·赋得"人比黄花瘦"，用儿宝田韵/47

　　菩萨蛮·夏景集字/48

　　减字木兰花·冬日咏梅/48

眼儿媚・冬闺/48

摊破浣溪沙・冬闺/48

柳梢青・官署旅况,和朱聚伯韵/49

鹧鸪天・自遣,和陆放翁葭萌驿韵/49

虞美人・寓中夜酌闻歌/49

雨中花・赋得"杏花春雨江南"/50

南乡子・与友人夜话/50

鹊踏枝・九日,用儿子宝田韵/50

蝶恋花・冬至前一夜咏闺情,用辛稼轩元日立春韵/50

一剪梅・三月三十日广阆仙诗意/51

破阵子・七夕戏题遣闷/51

最高楼・伏日,梁次典寅丈馈冰,戏调一阕/51

满江红・靳紫垣夫子杨庄工竣,旋节沛上,词以志喜/52

红情・赋得"杏花春雨江南"/52

金菊对芙蓉・咏乔高士慕仙馆千叶并头秋莲,一茎四花,
　外包锦瓣,瓣落花放,特鲜艳可爱,用儿子宝田韵/52

玉烛新・方伯升书至,以近著四首见示,用周美成韵寄酬/53

绮罗香・十四夜,泗上同寅招赏新灯二杖和韵/53

望海潮・秋晚红桥泛舟/54

小梅花・沛上卜居初定,用儿宝田韵/54

小梅花・乡思,叠前韵/55

沁园春・寿衍圣公孔翊宸祖母陶太夫人七十/55

金明池・虎丘吊古,用秦七韵/56

卷二/57

田实发（九十首）/57

　　十六字令·城边新柳/57

　　　　其一（风）/57

　　　　其二（寒）/57

　　　　其三（愁）/57

　　　　其四（低）/57

　　十六字令·咏鞋/58

　　望江南·杨花/58

　　望江南·题团扇/58

　　　　其一（白团扇，皎洁制偏工）/58

　　　　其二（白团扇，小柄曲香筠）/58

　　　　其三（白团扇，巧样贴轻罗）/58

　　　　其四（白团扇，如雪又如霜）/59

　　　　其五（白团扇，几缕扇中纱）/59

　　　　其六（白团扇，花月两相宜）/59

　　柳枝/59

　　　　其一（记得移根上苑时）/59

　　　　其二（一鸠啼雨过平皋）/59

　　　　其三（驿路初干春草生）/60

　　　　其四（长带娉婷面曲池）/60

　　　　其五（初酿春湖色未深）/60

　　　　其六（缕缕丝丝近画楼）/60

其七（银鱼风暖麴尘香）/60

　　其八（潮水来时只半篙）/61

　　其九（晴枝袅袅动春柔）/61

　　其十（桥北桥南十万枝）/61

　　其十一（曳雨笼烟正复斜）/61

　　其十二（花外春街雨外楼）/61

　　其十三（尽日春烟锁寂寥）/61

　　其十四（料峭春寒未易消）/62

竹枝/62

　　其一（青纱画舫竞鸣筝）/62

　　其二（家住秦淮北岸头）/62

玉连环影·咏香烟/62

如梦令·代人送别/62

如梦令·去住/63

点绛唇·闺情/63

浣溪沙·闺情/63

浣溪沙·秋夜/63

浣溪沙·春闺/64

菩萨蛮·春闺/64

菩萨蛮·秋千/64

菩萨蛮·闺情/64

菩萨蛮·城南垂柳/65

菩萨蛮·茉莉/65

菩萨蛮·闺怨,回文体/65

菩萨蛮·城南踏春/65

菩萨蛮·小春桃花/66

菩萨蛮·茉莉,赋得"玉碾小芙蕖"/66

菩萨蛮·题树南上人贴梅扇/66

美人矍·咏鞋/66

减字木兰花·咏蟋蟀/67

减字木兰花·新柳/67

减字木兰花·感旧/67

喜迁莺·春望/67

忆秦娥·赠妓/68

　　其一（妆梳浅）/68

　　其二（真超绝）/68

玉连环·题《杨妃春醉图》/68

醉桃源·夏闺/68

鹤冲天·村居/69

贺朝圣·落花/69

西江月·去住/69

满宫花·杨花/69

燕归梁·雨中海棠/70

浪淘沙·秋闺/70

河传·金陵咏燕/70

鹧鸪天·有怀/70

南乡子·春闺/71

玉楼春·梦破/71

鹊桥仙·无题/71

虞美人·咏栽兰/71

踏莎行·咏兰影,和雨溪原韵/72

踏莎行·咏草色/72

临江仙·题苏小小墓/72

一剪梅·闺情,独木桥体/72

一剪梅·戏题黄花坂/73

渔家傲·题张丹崖小照/73

苏幕遮·春闺/73

醉春风·咏杨花/73

青玉案·有寄/74

鹊踏花翻·咏春堤美人,解用天池生韵/74

满江红·天门山/74

满江红·题栋亭画册,和原韵/75

满江红·赋得"千呼万唤始出来"/75

满江红·将赴秋试,李松崖孝廉词以饯别,走笔赋答/75

满江红·东阿怀古/76

满江红·慰松崖下第,和原韵/76

凤凰台上忆吹箫·美人晓起/76

满庭芳·观放风鸢/77

八声甘州·宜园奉陪合肥夫子破冰舟行即事/77

孤鸾·咏镜/77

孤鸾·咏残琴/78

疏帘淡月·题李青崖小照/78

解语花·题钱紫崖小照/78

齐天乐·和张汉瓿系舟词原韵/79

李廷辉（一首）/79

临江仙（多少心情无一可）/79

沈若淮（十五首）/79

忆王孙·丁亥馆某氏园中，有花卉三十余种，作小词以记之/80

长相思（花儿香）/80

浣溪沙（小草窗前书带香）/80

画堂春·春怨，步少游韵/80

眼儿媚（紫荆不改旧时形）/81

柳梢青·春感，步秦少游春景韵/81

乌桕树·无题，惜斋自度曲/81

双调望江南（江南好）/81

踏莎行·春旅，步少游韵/82

一剪梅（韶景恹恹病里看）/82

限佳期·七夕遇雨偶成，惜斋自度曲/82

水仙子（记得元宵刚十五）/82

错中错·无题，惜斋自度曲/83

黄莺儿（花神巧样装）/83

木兰花慢·立秋日有感/83

吴克俊（一首）/83

虞美人·自题《悟梅图》/84

赵对澂（二十七首）/84

点绛唇·春草，和林和靖/84

偷声木兰花（玉梅花放曾留客）/84

江月晃重山·晚眺/85

虞美人·怀友人塞外/85

蝶恋花·鹧鸪/85

渔家傲·过陈氏废园/85

凤凰台上忆吹箫·凤凰山怀古/86

凤凰台上忆吹箫·再和《漱玉词》/86

梦扬州·本意/86

扬州慢（十里楼台）/87

酹江月·秋夜忆许知白、杨楚骚/87

大江东去·采石矶，用坡公赤壁韵/87

大江东去·抒怀，再用坡公韵/88

大江东去·夹沟驿过烈女秀姐墓，三用坡公韵/88

大江东去·戏马台，四用坡公韵/88

大江东去·登峄山，五用坡公韵/89

大江东去·有忆，六用坡公韵/89

大江东去·江口夜泊，七用坡公韵/89

大江东去·听歌有感，八用坡公韵/90

大江东去·再题《忏生图》，九用坡公韵/90

大江东去·秋夜怀人，十用坡公韵/90

齐天乐·题程鹤衫《烟波渔唱词》，兼怀令弟又桥孝廉/91

风流子·怀李小芗皖城/91

沁园春·三台阁登高/91

乳燕飞（芳草斜阳路）/92

金缕曲·怀迷朦生大令闽中/92

金缕曲·送汪梅川孝廉全椒/93

张丙（七首）/93

浣溪沙·春景/93

减字木兰花（珠帘乍卷）/93

卖花声·人日/94

浪淘沙·秋阴/94

唐多令·秋海棠画/94

水调歌头·寒食/94

玉烛新·立春/95

陈云章（三首）/95

满江红·自题《劫灰集》诗卷/95

满庭芳·题王谦斋诗集/95

满庭芳·赠黄季绳先纶/96

徐子苓（一首）/96

　　明月棹孤舟・题王虞臣《味笛图》并序/96

徐汉苍（四十七首）/97

　　浣溪沙・龙泉山居有感/97

　　　　其一（似水年华碧玉箫）/97

　　　　其二（漫效林宗垫角巾）/97

　　眼儿媚・七夕/97

　　柳梢青・杨行密故居在吾郡城内，地名石头塘/98

　　南歌子（雨过云还湿）/98

　　卖花声・鸳鸯湖/98

　　双调望江南・忆城中故居/98

　　鹧鸪天・开府江忠烈岷樵先生忠源守城日，命地方官偕予
　　　　筹款。城破之日，忠烈殉节，予身被重创。想先生
　　　　激烈之情，谦抑之度，而青袍泪湿矣/99

　　浪淘沙又一体（怎消昼永）/99

　　夜行船・系缆露筋祠畔/99

　　虞美人（偷声减字春如梦）/99

　　临江仙（晓枕惺忪春梦破）/100

　　小重山（四面朱阑拥画楼）/100

　　唐多令・烟雨楼食莼羹/100

　　一剪梅・山居/100

　　行香子・舟次秦淮/101

　　青玉案（垂杨乱拂邮亭路）/101

15

蓦山溪·太白楼/101

鹤冲天·由西兴次山阴道上，遂至兰亭/101

梅子黄时雨·垂虹亭吊家虹亭太史/102

凤凰台上忆吹箫·荒山避乱，百感填膺，抚序伤怀，望故居而泪堕矣/102

水调歌头·金陵/102

满庭芳·于湖闲眺/103

满庭芳·题《春江梦影》刻本怀野航/103

倦寻芳·孤山访林和靖故址/103

烛影摇红·山塘咏怀/104

汉宫春（憔悴形容）/104

长亭怨慢（又秋气、韶华偷度）/104

扬州慢·闻鸡/105

孤鸾·听雁/105

玲珑四犯·藏舟浦在今城内浅坝，三国魏将张辽袭吴，藏战船于此，与肥水相接。旧传浦内有岛屿花竹，颇为佳境。《舆地纪胜》"刘贡父游至澄心寺"即此/105

念奴娇·金陵怀古/106

渡江云·筝笛浦在吾乡水西门内，相传魏武载妓船覆于此。陶靖节《搜神后记》云："尝有渔人夜宿，但闻筝笛弦节之音，声气非常。"今河道淤塞久矣/106

解语花·盟鸥/106

月下笛·饲鹤/107

水龙吟·龙泉山寺夜宿,留赠谷泉禅师/107

齐天乐·蟋蟀,和白石翁韵/107

氐州第一·闻禅,用清真韵/108

南浦·怀郭梅卿太守/108

西江月慢·平山堂吊欧苏两文忠公/108

永遇乐·美人对镜/109

解连环·送别,用蜕庵留别韵/109

望海潮(群芳凋谢)/109

薄幸·题吴祭酒《琴河感旧图》/110

一萼红·题阮亭尚书《红桥修禊》卷子/110

八宝妆·盘塘水仙祠,揭曼石先生少日遇神女于此,临别留诗云:"盘塘江上是奴家,郎若闲时来吃茶。黄土筑墙茅盖屋,亭前一树紫荆花。"已而先生归舟所遇,果如其言。予艳其事,因填此词/111

摸鱼儿·题文待诏画《浔阳送客图》/111

卷三/112

赵彦伦(一首)/112

凤凰台上忆吹箫·和李易安韵/112

王映薇(四十五首)/112

十六字令·初夏/113

十六字令·旅夜/113

忆江南·旅情二首/113

其一（愁无那，三月客江南）/113

其二（愁无那，二载客江南）/113

捣练子·春雨/113

其一（风似剪）/113

其二（灯未烬）/114

江南春（云鬓乱）/114

忆王孙（绿波滟滟草萋萋）/114

如梦令二首/114

其一（准备巫山偷度）/114

其二（才觅花间归路）/114

如梦令·旅况/115

其一（寒食清明过了）/115

其二（昨夜灯前独坐）/115

相见欢·忆别/115

长相思·舟中/115

太平时（准备花朝结伴游）/115

醉公子二首/116

其一（晓起开妆镜）/116

其二（斜傍娘行立）/116

丑奴儿令（不情最是天边月）/116

黄莺儿·自题别墅/116

眼儿媚（掉舟重访白门秋）/117

西江月·雪美人/117

西江月·春柳/117

西江月·赠蒯子范幼孙长生/117

浪淘沙（岁月易蹉跎）/118

浪淘沙（二月嫩寒天）/118

浪淘沙·七夕/118

浪淘沙·小园即景/118

一剪梅·白衣禅院/119

一剪梅·春阴/119

临江仙·江上阻风/119

行香子·闺情/119

青玉案·旅况/120

满江红·赠李中丞/120

满江红·赠刘军门/120

满江红·感怀二首/121

  其一（雪鬓霜髭）/121

  其二（顾影自怜）/121

满江红·感怀/121

惜余春·客中苦雨/122

念奴娇·贺蒯翰卿完姻/122

一萼红·蒯子范以惠泉见贻却赋/122

一萼红·鱼舫题壁/123

沁园春·蛛网/123

贺新凉·中秋石跋河阻风，同徐易甫作/124

贺新凉·爆竹/124

贺新凉·贺张振轩纳姬,七夕后四日作/124

赵锡璜(一首)/125

明月生南浦·题钱塘袁竹畦起《画延年室词稿》题辞,
步钮西农先生原韵/125

阚凤楼(一首)/125

金缕曲·阅亡女德娴遗草/126

王尚辰(六十九首)/126

十六字令·小眉楼观剧二首/126

其一(欢)/126

其二(瞋)/126

十六字令·书家书后二首/127

其一(寒)/127

其二(眠)/127

十六字令·同刘静皆探花、文云阁中翰、曹赓笙兵部、
张霭卿观察、王子诠布衣饮函碧楼,戏拈词调,聊供
一噱四首/127

其一(骄)/127

其二(娃)/127

其三(愁)/127

其四(豪)/128

醉太平·题傅青主先生墨迹/128

减字木兰花·丙戌花朝,丹徒李亚白将赴京都,过别/128

减字木兰花·壬辰天中节,李丹叔过饮,分咏榴花/128

好事近·中秋桂树下作/128

忆萝月·乙酉春分日,晚登松风阁看梅/129

清平乐·盆中红梅花作/129

眉峰碧·遗园大理石屏,高一尺九寸,宽二尺六寸,一题"苍山秋霁",一题"鸡足夏云",款署"石画轩珍藏",真绝妙山水也/129

画堂春·瓶荷孕香,午梦初觉,偶牵旧事,聊写新声/129

人月圆·元宵节后见月/130

桃源忆故人·孙瑶轩外舅有麈尾一柄,内子取以相赠。曰:"此吾家物也,今三十余年矣。"遗挂在壁,情何以堪/130

柳梢青·咏新柳/130

早春怨·梦园过访未遇,投以新词,倒用少游韵答之/130

荷叶杯·雪夜题盱眙江湘筠女士残草/131

沙塞子·庚寅春暮亚白重来肥上喜赠/131

沙塞子·题亚白《缝月轩词》,仍依原韵/131

红窗睡·十八夜对月,水仙盆梅竞放,小饮达旦/131

卖花声·清明/132

浪淘沙·新得铜剑二枚,度以周尺,长二尺强,广寸余,镡上夹内凸起,形如腰米,似字莫辨,一柄首折寸许,腊上有"永昌元年"四篆书。古色斑驳,东晋时物也,题此写怀/132

曲入冥・辛卯重九，买舟由柳浪桥循白堤至孤山，登放鹤亭，折入三潭，晚饮漪园。青山红树，如在画图中也/132

鹊桥仙・甲申送春日，友人归自越南军。次晚饮牡丹花下，醉后按拍，恨无铁笛吟风，为花神蠲忿也/133

唐多令・己丑初秋将赴沪渎，先寄所怀/133

唐多令・癸巳首夏，吴彦复主事自庐江过，小园留饮/133

南楼令・中秋京江泛月/133

醉春风・闲情/134

淡黄柳・秋晚寻赤阑桥遗址，次白石韵/134

酷相思・夜忆/134

感皇恩・癸未元日遗园题壁/134

千秋岁・除夕/135

探芳信・寄刘树君观察扬州/135

一枝花・题黄忠端公为方孩未中丞书《洒心诗》墨迹/135

满江红・题梦园《百枝一植》行看子/136

满江红・题颍州赵椒谷广文《梅花怨传奇》/136

满江红・吾邑西郊八里岗农人锄地，日中白气自草根出，掘尺许，地陷中空。若地道，不知何人墓也。惧而封之，获殉器数种。余以万钱购一镜。中央圆纽，方图十二乳，篆十二辰名，内层八乳，每格饰神禽异兽之形。外层铭词五句，极秀逸，上"孙"字均反古，钟鼎多此体。边作截业文，间以水波活碧鉴人，不露铜质。持示复堂，曰："此汉尚方十二辰镜。《博古图》入天文门，为第一器。"精致完好，洵希世之珍，喜赋此阕，希海内好古者和焉/136

满江红·腊八日泊舟劳劳亭/137

满江红·小除夕接郭甥长女永康来书，喜答/137

玉漏迟·遣怀/137

金浮图·五星寺僧素题《松鹤图》/138

长亭怨慢·仲修大令月下过访，余病酒未出，归赋《壶中天慢》调之，隔日谱此，兼订后约/138

扬州慢·答黄子鸿司马寄怀原韵，兼柬汪研山茂才/138

锁窗寒·子箴过访，并示新词和答/139

锁窗寒·梦园食品甲肥上，同人愧无以报，争愿醵资就饮，仍用前韵质之/139

无闷·雪霁，松风阁晚眺，仲修有感，余亦继声/139

壶中天·梦饮子严梅树下，赋此代柬/140

齐天乐·柬梦园扬州/140

水龙吟·听雨/140

忆旧游·春晚过筝笛浦/141

安公子·壬午九月梦园自扬州归，出示新阕，要余和之，用放翁韵/141

雨淋铃·题旧藏秦淮女子画兰帕/141

一萼红·丁亥中秋留桂轩觞月/142

薄幸·歌伶才宝色艺冠一时，客岁秦淮，侑酒宠之，以诗

濒行袖罗帕见贻。后闻归某帅,谱此写愁/142

击梧桐·张午桥观察约诸韵友于榕园结消寒词社,以新
得梅蕴生孝廉旧藏嵇琴分咏索和,用韵寄怀/142

长寿乐·重九后四日梦园归自扬州,投以新词,和答/143

陂塘柳·复堂征题《斜阳烟柳图》,取辛词以寄慨。余
倒用原韵质之,度亦云"非我佳人,莫之能解也"/143

沁园春·书江待园诗后/144

貂裘换酒·雪后饮蜡梅花下/144

金缕曲·小除日柬子箴/144

金缕曲·书怀/145

金缕曲·古重阳日,同人观潮吴山,遂放舟六和塔,入
五云山访莲池大师遗迹,夜艤于茭白船。歌伶昙香索
书谱此,应之铁板铜琶,羞对红牙按拍也/145

贺新郎·方子听大令日本来函,盛称歌楼之乐,调之/146

贺新郎·戊子秋仲修书来,自言科名仕宦、学术文章皆
废半途,因号半崖,谱此慰之/146

浪淘沙慢·晚泊濡须坞感赋/146

王德名(一首)/147

无闷·松风阁雪霁晚眺/147

李经世(三首)/147

浪淘沙·夏夜/147

蝶恋花·感旧/148

醉春风·前意/148

李经达（三十七首）/148

如梦令·本意/148

如梦令·春晓/149

生查子·元夜/149

罗敷媚·忏情/149

误佳期·春阴/149

月宫春·漫兴/149

西江月·九江郡/150

西江月·纳凉/150

浪淘沙·感梦/150

鹧鸪天·春夜/150

鹧鸪天·代人闺思/151

踏莎行·深夜踏雪/151

临江仙·遇旧/151

蝶恋花·手帕/151

解佩令·题张船山太史《墨猴》/152

感皇恩·金陵怀古/152

离亭燕·喜雪/152

金人捧露盘·秋雨/152

金人捧露盘·题顾横波《墨兰》残幅/153

洞仙歌·代实甫题自画箑《江干杨柳图》赠妓/153

满江红·留别/153

满江红·皖江怀旧/154

满江红·题《白门新柳记》/154

满江红·申江感旧/154

满江红·游迎江寺/155

玉漏迟·题芷帆太史《楸阴感旧图》/155

满庭芳·春雨/155

凤凰台上忆吹箫·怀旧/156

双双燕·都门寄内/156

念奴娇·悼亡/156

桂枝香·京江中秋节感旧/157

齐天乐·皖城怀古/157

雨淋铃·江润生太史以旧作《秋梧悼亡绿意词》及阮夫人和作相示，因本其意，用柳耆卿韵/157

雨淋铃·七夕悼亡/158

永遇乐·送张实甫/158

二郎神·苦热/158

金缕曲·感赠/159

江云龙（十三首）/159

菩萨蛮·奉伯兄榇回里，留别皖城诸友六首/159

其一（寒蛩切切和秋语）/159

其二（浮生未了青衫恨）/159

其三（姜家大被同温热）/160

其四（岁寒友结松梅竹）/160

其五（一官潦倒非其罪）/160

其六（男儿意气高千尺）/160

凤蝶令（乱挽松松髻）/161

醉落魄·题陈秀才《秋菊图》，陈为范肯堂婿，图寓悼亡/161

满江红·题遗园所藏汉尚方十二辰镜，用遗园原韵/161

水调歌头·题阮霞青叔外舅《繁台感旧图》，图为乔恪公作/161

念奴娇二首/162

    其一（绣屏深掩）/162

    其二（小桃初蕊）/162

绿意·庭梧/162

卷四/164

张华斗（七首）/164

浣溪沙·病起/164

减字木兰花·题画桂/164

眼儿媚·题画水仙腊梅/164

一剪梅·题残荷帐檐/165

满江红·本意/165

高阳台·哭次兄，时光绪庚子/165

沁园春·题张憩云副榜《香花墩赏荷图》/166

王懋宽（一首）/166

浪淘沙·劝耕/166

王天培（九首）/166

浪淘沙（大陆起龙蛇）/167

浪淘沙·正月既望贺友人新婚/167

虞美人（皇皇已失中原鹿）/167

满江红三首/167

其一（滚滚东流）/167

其二（极目天涯）/168

其三（大好江山）/168

水调歌头（燕京迁鼎后）/168

百字令·秋夜望月/169

贺新郎（鹿死知谁手）/169

李靖国（一首）/169

绿意·应京都著湄吟社第十课征题，分咏绿杨/169

杨开森（六首）/170

望江南·泛舟巢湖/170

点绛唇·对月闻歌/170

虞美人·怀郑文彬塞外/170

临江仙·丁卯秋，偕史次耘游斗鸭池、龚氏蘧庄，因赋一阕志之/171

满江红·题蔡竹铭先生小瀛壶仙馆/171

金缕曲·过史半楼太学浮槎山馆故址/171

张世铉（一首）/171

浪淘沙·题香花墩/172

李经筵（一首）/172

风入松·壬子兵后重过襄川故居/172

李国模（七十首）/172

南歌子·谢人惠绣花合枕，温助教体/173

望江南·梅坞闲吟七首/173

其一（长干女）/173

其二（眉楼去）/173

其三（胭脂队）/173

其四（销金窟）/173

其五（园半亩）/174

其六（蓬门内）/174

其七（裙屐集）/174

望江南·海上纪事四首/174

其一（无个事，曳杖出城东）/174

其二（无个事，菊部怅流连）/174

其三（无个事，小祀紫姑神）/175

其四（无个事，雏婢苦相邀）/175

望江南·人去词四首/175

其一（人去也，惆怅竟何之）/175

其二（人去也，除却梦魂通）/175

其三（人去也，想像旧温柔）/175

其四（人去也，春暖小阳芳）/176

望江南·清水塘作/176

望江南·半淞园四时曲四首/176

  其一（园中好，百卉斗喧嫣）/176

  其二（园中好，竞渡赛龙舟）/176

  其三（园中好，爽气扑人衣）/176

  其四（园中好，生意未全凋）/177

乌夜啼·春暮游龙华寺/177

相见欢·闺情/177

长相思·邻婢/177

醉太平·秋宵不寐/177

生查子·古别离曲/178

昭君怨·无题/178

点绛唇·国殇，吊胜朝也二首/178

  其一（长白山高）/178

  其二（十叶相承）/178

点绛唇·伤秋，嵌九秋体/178

点绛唇·海上闻警/179

点绛唇·咏梅/179

点绛唇·听雨不寐/179

点绛唇·乍遇/179

浣溪沙·寄怀天虚我生钱塘陈蝶仙先生名栩/179

浣溪沙·有赠/180

浣溪沙·洪湖秋泛二首/180

  其一（万顷洪流接大荒）/180

其二（旭日苍波浴远空）/180

浣溪沙·兵后返皖城故居/180

采桑子·忆六梅女史/180

减字木兰花·皖垣重九/181

减字木兰花·登大观亭谒余忠宣公祠墓/181

  其一（故家园榭）/181

  其二（忠宣祠宇）/181

卜算子·秋闺/181

卜算子又一体·闺意/182

清平乐·山海关二首/182

  其一（乱山衔照）/182

  其二（九门入口）/182

清平乐·镜花馆即事/182

清平乐·送彭秀峰内阮赴鲁/183

清平乐·怡红本事词/183

清平乐·赠乐园弹三弦左叟德中/183

清平乐·重过荔香院旧址感作/183

清平乐·游普陀山即景/184

清平乐·赠月娥女史/184

清平乐·咏砚/184

忆秦娥·无题/184

三字令·乡居遣兴/185

西江月・勉震儿专心求学/185

西江月・京口/185

小阑干・谒明太祖孝陵/185

城头月・长江咏古/186

江月晃重山・咏雪/186

虞美人・寓沪,柬少崖弟皖城、伯琦弟吴门,仿一至十体/186

蝶恋花・闺思/186

一剪梅・咏春,仿鹤亭体/187

    其一(户壤赓歌大有春)/187

    其二(修禊兰亭届暮春)/187

踏莎美人・庚申秋,车由宁往沪,道经吴门有作/187

醉春风・题姬人王慧珠小影/187

殢人娇・寓庐消夏/188

乳燕飞・菱湖巧遇/188

李国楷(四首)/188

浣溪沙・题《渔樵耕读》山水册页四首/189

    其一(猎猎蒲帆小小舟)/189

    其二(残照西衔谷口遥)/189

    其三(有鸟提壶叫伐柯)/189

    其四(束发双孤忆母慈)/189

李国桂(一首)/189

捣练子・闺情/190

李家孚（一首）/190

高阳台·遣怀/190

李家煌（二首）/190

阮郎归·蜜蜂/191

贺新凉·雨后寄外舅盘溪，效稼轩体/191

李家炜（五首）/191

浣溪沙（摇落山河几度秋）/191

浣溪沙（香絮飘零柳鬓残）/192

菩萨蛮（拈花却把微醒解）/192

临江仙·生日写怀/192

蝶恋花（谁道春风吹似剪）/192

张娴婧（四首）/192

菩萨蛮·问海棠/193

菩萨蛮·连城山房/193

忆秦娥·听杜鹃/193

忆秦娥·秋夜听雨/193

许燕珍（一首）/194

念奴娇·新柳/194

阚寿坤（十四首）/194

一叶落（一叶落，桐阴薄）/194

太平时（茉莉银丝穿鬓边）/195

醉花间·寄雨人/195

点绛唇（一点胭脂）/195

浣溪沙（画歇棋停扫落花）/196

浣溪沙又一体，又仄韵（春雨一犁花已透）/196

霜天晓角（官移宅徙）/196

卜算子（作也如何爱）/197

忆秦娥二首/197

其一（繁花歇）/197

其二（垂珠箔）/197

双调风蝶令·戏有赠/198

双调忆王孙（满地红飞成画景）/198

沁园春·悯鹤，恭呈家大人，丙子/198

摸鱼儿·秋夜/199

周桂清（二首）/199

唐多令·题德娴姊遗稿二首/199

其一（别去感人琴）/199

其二（襁褓弱伶仃）/199

吴翠云（一首）/200

忆王孙·秋夜独坐/200

李淑琴（一首）/200

浪淘沙·新秋乍凉/200

李道清（十七首）/201

忆王孙·丁酉七夕，云史将有秣陵之行，原调和之/201

相见欢（昼长正自堪眠）/201

浣溪沙（小阁红箫韵未休）/201

浣溪沙（促织凄鸣月亦秋）/201

浣溪沙（碧水悠悠澹远空）/201

浣溪沙（水榭烧香云满天）/202

浣溪沙·秋夕夜起纳凉和秋史/202

浣溪沙又一体（辘轳金井谁家院）/202

减字木兰花（孤城云外）/202

菩萨蛮（博山香定烟丝直）/202

菩萨蛮（莲塘夜静箫声起）/203

更漏子·秋思/203

少年游（遥波无际）/203

浪淘沙·春闺/203

临江仙·丁酉之秋，云史赴金陵，填《临江仙》一阕寄示，率和之/204

临江仙（锦帐香微云鬓揾）/204

青玉案·暮春/204

彭淑士（二十九首）/204

十六字令四首/205

    其一（详）/205

    其二（猜）/205

    其三（他）/205

    其四（娇）/205

忆江南·悼陈姬秀珠/205

忆江南·江南杂咏七首/205

其一（秦淮好）/205

　　其二（春申好）/206

　　其三（姑苏好）/206

　　其四（梁溪好）/206

　　其五（南徐好）/206

　　其六（芜城好）/206

　　其七（于湖好）/207

忆江南·即事/207

忆江南·饯春/207

谢秋娘·春眺/207

捣练子·春困/207

南乡子第二体·祝可亭弟三十初度/208

忆王孙·感时/208

如梦令·酷暑/208

点绛唇·落花/208

点绛唇·首夏即景/208

采桑子·张四姑母茹素念佛，聊撰数语以志信仰/209

谒金门·送赵八姑母返太湖/209

清平乐·冬夜追忆/209

忆秦娥·闻周嗣徽甥女卧病，词以讯之/209

白蘋香·自伤/210

西江月·闺中遣兴/210

西江月·再赠张四姑母/210

南乡子·中秋/210

陈秉淑（三首）/211

忆王孙·霖儿初次就傅，词以志喜/211

其一（朝来喜鹊噪晴檐）/211

其二（书箱未改旧家风）/211

鹧鸪天·广陵怀古，吊隋炀帝/211

吴琼华（一首）/211

长相思·送舜如回肥/212

李敬婉（三首）/212

阑干万里心·光绪戊申秋，弦可亭二兄将以崇川钱素秋校书诗集付梓，嘱为题词，固辞不获，率题应命，时年十五/212

罗敷艳歌·再题崇川钱素秋校书《吟秋小草》/212

眼儿媚·三题《吟秋小草》/212

陈秀珠（一首）/213

浣溪沙·宫词/213

孔茜霞（一首）/213

点绛唇·秋闺病起/213

李家懿（三首）/213

如梦令·吴门春望/214

北一半儿·海上公园/214

清平乐·七夕/214

李家恒（二首）/214
  点绛唇·对月闻歌有感而作/214
  踏莎行·月夜书怀/215

补遗/216
 李天馥（一首）/216
  天仙子（愁似游丝无住著）/216
 李国模（三首）/216
  南浦月（蓦地相逢）/216
  浪淘沙·代殷馥庭兄贺其友人张君新婚/216
  南乡子·大雪，概括唐人诗意/217
 彭淑士（一首）/217
  迎春乐（银床冰簟多清暇）/217

后跋/218

合肥词钞计数/219

附录/220
诰授资政大夫二品顶戴山东候补道筱崖先兄行状/220

参考书目/222

前　言

《合肥词钞》是民国时期一部较有影响的地域性词作选本。全书共四卷，收录清初到民国时期合肥籍52位词人的695首（含"补遗"）词作，编辑者是李鸿章的侄孙李国模。该书不仅清晰展现了清代以来合肥一地词人的创作成就，还通过文学形式，记载了合肥丰富的历史与文化，特别是李鸿章家族后人的生活状况与精神风貌，是一部具有较高文学、文献、史料价值的词集。

一、李国模与《合肥词钞》的编纂

李国模（1883—1932），字方儒，号筱崖，别号吟梅馆主。祖父李蕴章（1829—1886）为李鸿章四弟，早年随兄从事军务，擅长筹办军需粮饷，受到清廷赏识，1868年后因为眼睛有疾，归乡养晦以终。父李经世（1851—1891），为蕴章长子，字伟卿，号丹崖，1880年光绪庚辰科进士，授翰林院编修。李国模自幼敏慧好学，十六岁应童子试，为庠佾生，1902、1903年，两次参加乡试落第。1903年纳粟捐官为山东候补道，官从二品，不久因母病乞归，回省城安庆居住。1911年辛亥革命爆发，他携家人避难到上海。次年回到安庆，从此"闭门诵读，一意著述",不理世务,"日拥书城,行批坐检,处之宴如"。① 1931年,迫于时局危势,他又携家人避往上海租界。1932年3月,因染上瘟疫,病逝于上海。

李国模著有《吟梅馆诗存》《瘦蝶词》各一卷,辑有《大观亭志》四卷(1910年)、《合肥词钞》四卷(1930年),这些著作以《合肥词钞》最为有名。李国模为何要编辑这部词集?大概出于两方面的考虑。一是为倡导传统词学。他自幼喜爱诗词,看到近代以来"考据衰而新学盛,词章之学日益以微,宛如一缕之未绝",所以"废坠慨然,思有以振起……以提倡之"。② 二是为整理乡邦文献。他的堂弟李国环曾说:"吾肥工倚声之学者,清初首推龚芝麓、秦籀史、李容斋、李丹壑、许友荪、何鹅亭、田玉禾,中叶则赵野航、赵云持、徐荔庵、王谦斋,自是以后,词坛沉寂越数十年。"他能很自然地说出合肥历史上的有名词人,说明李氏兄弟对家乡合肥的历史文化非常了解。正因为如此,李国模才感慨"乡贤遗作淹没不传",遂苦心搜集,"积十年之久",③ 最后得以完成《合肥词钞》。这为后人了解合肥一邑的文学发展,尤其是诗词之学的发展提供了丰富资料。

《合肥词钞》刻印于民国十九年(1930),全书共四卷。第一卷收录清初顺治、康熙年间6位合肥词人的词作,包括龚鼎

---

① 李国楷:《诰授资政大夫二品顶戴山东候补道筱崖先兄行状》,载李国模《瘦蝶词》附录,民国二十二年安庆李氏慎余堂铅印本。
② 蔡杰:《瘦蝶词序》,载李国模《瘦蝶词》附录,民国二十二年安庆李氏慎余堂铅印本。
③ 李国环:《瘦蝶词序》,载李国模《瘦蝶词》附录,民国二十二年安庆李氏慎余堂铅印本。

挚、李天馥等；第二卷收录雍正至道光年间9位词人词作，包括田实发、沈若湉等；第三卷收录同治、光绪年间9位词人词作，包括王尚辰、王映薇、李经世、李经达等；第四卷重点收录李氏"经""国""家"字辈族人及女性词人（包括李氏女眷）28人的词作，又以李国模本人的词作为最多（73首）。

《合肥词钞》在编辑体例上很有特色。总体以作家为单位，按照时代先后顺序排列。在辑录每位作家作品之前，对他的字号、时代、功名仕履、别集和词集名称作简单介绍。每位作家的词作，按照小令、中调、长调的顺序排列，这和当时一般词选的编排方法并不相同。清代中叶以后，词选家多为推衍某种艺术观点而编选词集，对词调的要求并不严格，如《词综》《国朝词综》《箧中词》等。李国模编选词集并不是为了实践某种词学主张，而是为了彰显旧学，推尊国粹，以词调来排列词作，更能强调词体本身的艺术特征。这种编排方法，很好地实现了"彰显词学"和"整理乡邦文献"的双重愿望。在词作选录上，李国模遵循"突出重要作家作品"的原则，既不搞平均主义，按人头选词，也不按词作者地位声望的高低因人选词，而是秉着"词作内容优先"的原则，成就高的词人词作就多选，成就不高的词人词作就少选。这样就使《合肥词钞》成为一部存人与存词兼顾的词选。

二、《合肥词钞》的词史价值

李国模具有深厚的词学修养，别具慧眼，能够将最优秀的词人词作挑选出来，使《合肥词钞》成为一部充分展现近三百年来合肥词人创作成就的标杆性著作。自清初到近代，词坛发展几经变化,《合肥词钞》所选的词人词作虽然囿于合肥一地,却能够反映出清代不同时期词坛的基本特点,具有较高的词史价值。

(一)龚鼎孳与清初大臣词

合肥词人龚鼎孳(1616—1673)是清代词坛上一位重要的词人,也是一位非常复杂的历史人物。在明清鼎革之际,他没能够坚持儒家的"节义"传统,先降闯,再降清,"双料贰臣"的身份,使他在清廷常常受到同僚和当政者的讥讽。但由于他敢言直谏,才富学赡,诗文并工,又惜才爱士,奖掖后进,对困厄贫寒之士常倾力相助,"倾囊橐以恤穷交,出气力以援知己","身为三公而修布衣之节,交尽王侯而好山泽之游",① 执掌京师文坛大纛,主持风雅数十年,在士林中享有很高的声望,故与钱谦益、吴伟业一起,被时人列为"江左三大家"。在清初近百年的时间里,他的词作成就及对清词中兴的贡献受到世人的高度评价。

后来,在强化"忠君"思想的时代氛围中,龚鼎孳被乾隆皇帝定性为"贰臣",钦点其名入《贰臣传》,名望和声誉急转直下。查阅各种资料可以发现,从清代中叶到民国时期,世人对龚鼎孳的态度,主要是贬抑和否定;而对其词作的态度,主要是忽略和漠视。如王昶《国朝词综》、谭献《箧中词》,都只收录了他三首词,远低于同为贰臣的吴伟业和李雯。1926 年由安徽丛书编印处编辑的《安徽清代名家词》(第一集),没有将

---

① 吴伟业:《定山堂诗集序》,载龚鼎孳《定山堂集》,《续修四库全书》第 1402 册,上海古籍出版社,2002 年,第 328—329 页。

其词作列入；1948年近代词学名家龙榆生编选的《近三百年名家词选》，选明季至民国时代的词人66家，词作498首，也未选龚氏之词。这些有意无意的忽略，都反映出这个时期人们对龚鼎孳及其作品的漠视态度。

在统治者控制力逐渐动摇的晚清社会，龚鼎孳的后人及其乡邦友朋积极地为他翻案正名，从而形成了龚鼎孳接受史上的另一股力量。李鸿章领导的淮军纵横于朝野内外，龚氏后人也乘势崛起，重新成为合肥的一大家族。他们利用自己的声望和权势，为祖先"昭雪平反"。光绪七年（1881），身为淮军将领、江苏候补道台的龚照瑗重刻了先辈龚鼎孳的《定山堂集》，并请位高权重的中堂大人李鸿章作序，可谓是风光无限。光绪九年（1883），龚照瑗又整理刊刻了龚鼎孳生平的奏章疏稿，名为《龚端毅公奏疏》（八卷），卷首附有严正矩作的《大宗伯龚端毅公传》，该文多从正面角度记述龚鼎孳的生平事迹，刻画出一个学养深厚、重情重义的历史人物形象。1927年成书的《清史稿》，已经去除《贰臣传》，将龚鼎孳归入《文苑传》中，对他生平事迹的记录也相对客观，并称赞他"天才宏肆，千言立就"的才华和"汲引英隽"的功业，[①] 这代表了时人对龚鼎孳看法的转变。

《合肥词钞》将龚鼎孳词放在第一卷卷首，显然是将他作为"合肥词人之首"来突出的。龚鼎孳现存词作203首，《合肥词钞》选录73首，超过龚氏词作的三分之一，也超过《合肥词钞》选录词作的十分之一。从所选词作的数量来看，龚鼎

---

① 赵尔巽等：《清史稿》卷四百八十四，中华书局，1977年，第13325页。

孳并不是最多的，雍正时期的田实发选录90首，李国模本人选入73首。但田、李二人的词作多为小令，龚氏词作超过一半是长调，因此他是整部选本中分量最重的作家。

从选词的质量看，《合肥词钞》所选词作，多是龚鼎孳词中的优秀篇章，充分展示了龚氏词的风格和成就。龚氏之词在入清以后主要抒发变节改志的愧悔心理和江山易代的沧桑之感，风格"苍润清腴而多劲急味"①。《合肥词钞》所选的73首词中，这样的抒怀词就有40多首，且多为慢词长调，特别能够体现作者的特色。

龚氏词主要有两种风貌。第一种风貌是慷慨激昂，苍凉悲壮，颇具稼轩风味。清初士人，目睹国破家亡、山河易色的历史巨变，经历民生离乱、案狱迭起的血雨腥风，内心多积郁着"悲慨、郁怒、凄怆、哀怨、迷茫、怅惘"②等情感，奔腾激荡于胸中乃至于不得不发。龚鼎孳虽为清廷馆臣，却因好客爱才、恤寒振孤，与众多遗民志士、寒士谪臣有着广泛而深刻的交往。在与他们的酬唱吟咏中，产生强烈的情感共鸣，故而词作中也多慷慨悲凉之作。如《望海潮·过钱武肃王祠，用秋岳韵》：

银涛喧鼓，铜牙批帐，雄开王气之先。虎步凤峦，鹰扬蜃国，登时拥上凌烟。冠剑锦山传。有金符玉册，踵武英贤。吴越高门，尉佗台接鹧鸪前。　　千秋舞榭歌筵。赖麀江指海，

---

① 严迪昌：《清词史》，江苏古籍出版社，2001年，第119页。
② 严迪昌：《清词史》，江苏古籍出版社，2001年，第9页。

勇敌秦鞭。余耳韩彭，纷纷灰烬，曾闻伟伐岿然。风景逐时迁。顿鼍潮息浙，艮岳输燕。公等无知，空言南渡是何年。

这首词描绘钱塘江潮的壮观景象，追述吴越王钱镠开国的英雄业绩，回想北宋灭亡以至宫苑被毁、国宝被抢的凄惨境遇，抚今追昔，感慨历史兴亡，传达出明清易代之际士人普遍怀有的情感体验。全词境界开阔，笔力苍劲，意象纵横，感慨深沉，代表了龚氏词中"刚劲苍凉"一路的风格。

另一种风貌是托物抒情，含蓄隽永，题旨深远。如《念奴娇·和雪堂先生感春》：

凭阑无赖，受东风冷暖，瞒人情绪。一夕梅魂芳雾散，把酒频浇黄土。露浥金铃，烟笼粉幔，似听酴醾语。啼鹃初瘦，月高谁作花主。　　分付弱柳千条，小阑干外，替两眉辛苦。薄酒浓香帘幕卷，又是流莺梳羽。玉管横吹，霞绡痴写，怕到酸心处。五陵亭馆，当年何限歌舞。

这首词表面上是写闺中怨女的伤春情绪，却弥漫着浓重的身世之悲和兴亡之叹，含蓄曲折地传达出作者内心深处跌宕奔涌的情感之流。作为传统文人，失节的经历使龚鼎孳的内心时常涌动着道德的负罪感，风云激荡的时势又使他常常纠结于故国江山和现实政治的矛盾交会中。这些感情无疑是复杂难言、幽微隐深的，更适合借助词这种富含言外意蕴的艺术形式去表达，这在清初文人的创作当中很普遍。这类词常常是一唱三叹，九曲回肠，其中的悲酸凄苦令人不忍卒读，最能反映龚鼎孳隐晦曲折的"贰臣"心态。在词派林立、词风多样的清初社会,"贰臣词"是清初词坛独具魅力的存在。在出处进退之际艰难抉择,在"道义"与"现实"的矛盾中饱受煎熬,在悔恨与歉疚中沉浮,龚鼎孳的词作无疑可以作为清初"贰臣词"的代表。

《合肥词钞》在选词时注意兼收并蓄,比较全面地展示了龚诗词的风貌。

无论在选词数量还是词作质量上,《合肥词钞》都是将龚鼎孳作为合肥词人的代表加以推尊的,充分展示了这位曾经饱受诟病的词人的创作成就,为后人了解和研究龚鼎孳打开了一扇窗户。《合肥词钞》刊刻以后,在学界产生较大影响,1937年陈乃乾编纂《清名家词》二十卷,其中有龚鼎孳《定山堂诗余》一卷;1936年中华书局出版的《四部备要》中,收录了《定山堂诗余》四卷,反映出学界对这位清词名家的重视程度。《全清词钞》明确将《合肥词钞》列为采辑书目,也说明了《合肥词钞》对近代词学的贡献。

(二) 李天馥、何五云、田实发的盛世之音

康熙中期至乾隆,随着"盛世"的到来,清词的面貌也发生深刻变化。清初词坛那种萧骚之气和沉郁之叹渐趋消歇,代之而起的是冲淡平和的闲雅之音,"浙派"词大行其道,词成了"宜于宴嬉逸乐,以歌咏太平"[①]的工具。《合肥词钞》中收录的李天馥、何五云的作品便体现了这一时期词作的一般

---

① 朱彝尊:《紫云词序》,载冯乾编校《清词序跋汇编》,凤凰出版社,2013年,第240页。

特点。

李天馥（1635—1699），字湘北，号容斋，顺治十五年（1658）进士，由庶吉士累擢户部左侍郎，调吏部，以扬清激浊为己任，官至吏部尚书、武英殿大学士。康熙三十八年（1699）卒，谥文定。著有《容斋千首诗》《容斋诗余》。作为新朝士人，李天馥的词作不像龚鼎孳词那样饱含世事沧桑，而是多闺阁情思和模山范水之作，表达的是盛世中仕途顺畅之人的闲情逸致，情思淡薄，语言醇雅，意境冲淡。

何五云（生卒年不详），字鹅亭，康熙时人，官山东泗水县知县，著有《对未斋集》《红桥词》。他的词也是一种盛世之音，多表达宦游之愁和隐逸之思，同样表现一般仕宦之人的精神状态。如《小梅花·沛上卜居初定，用儿宝田韵》：

横野渡，江南路，浮家泛宅烟波住。怯风樯，爱村庄，蓬门土銼，破甕作明窗。人前莫说宦游客，行李随肩书半笈。洗尘怀，绿樽开。须敕庐儿，粳稻满畦栽。　　从此始，水樵矣。莺舌芳歌，鸭嘴轻桡。近红桥。高梧深柳，个个上青霄。洒落非舟非屋下。百事不知知酒价。古今愁，逐溪流。我欲临堤，更盖一间楼。

但康乾时代的文学并非都是平和冲淡之音。随着社会发展和人口增长，科举制度的弊端越来越明显，举业艰难、仕途壅塞成为盛世严重的社会问题，无数士人饱受科举蹭蹬、失意潦倒之痛。以厉鹗为代表的"浙西词派"之所以能够在清代中叶复兴，根本原因是他们的词作抒发了中下层士人在科举制度挤压之下的凄凉困顿之感,从而引起广泛共鸣。合肥词人并不处于当时的经济文化中心——江浙一带,他们的创作也很难说是受了"浙派"词风的影响,但是他们对时代情绪的感受是相同的,田实发便是其中代表。田实发(1671—?),字梅屿,雍正己酉(1729)举人,庚戌(1730)进士,充壬子(1732)、乙卯(1735)山东、湖北同考官,后官江苏徐州府教授,著有《玉禾山人诗集》《绿杨亭词》。田实发虽然"天资颖悟,尤工诗文,名震一时",科举之途却是异常艰难,常年困于场屋。直到五十九岁才中举人,次年"联捷登第,年已六十",[1] 内心自然积郁了很多辛酸苦愁。他的词作中有不少感慨身世和科举艰难的篇什,如《满江红·慰松崖下第,和原韵》:

红桂高枝,青鬓上、早曾簪得。奈偏是、御苑璃蕤,迟人消息。伯乐偶遗千里足,卞和枉洒荆山泣。尽往来、瘦马度黄尘,多啾唧。　　槐安梦,何从觅。邯郸枕,空凄绝。且消受、故里韶光花月。帷下春风三径绿,筋倾夜雨双眸白。待他年、勾漏乞丹砂,神仙客。

这首词直接触及举子落第问题。上片惋惜朋友怀才不遇,下片慨叹天下才人志业两空的可悲遭遇。"何从觅。邯郸枕,空凄绝",唱出了众多偃蹇困顿士人的心声。在科举考试是唯一进身之路的时代,千千万万士人被迫挤在狭窄的科举之途

---

[1] 黄云修,林之望、汪宗沂纂:《光绪续修庐州府志》(二),载《中国地方志集成·安徽府县志辑》第3册,江苏古籍出版社、上海书店、巴蜀书社,1998年,第110页。

上，耗尽生命与才华，怎能不让人扼腕叹息！这首词敢于描写士人真实的生活境况和情感世界，自有其特殊价值。李国模能在众多的词作中选择这些与科举制度有关的作品，确实有独特的眼光。

（三）赵对澂、徐汉苍的乱世词史

发生于道光、咸丰、同治时期的鸦片战争与太平天国运动，如地震海啸般动摇了清王朝的统治根基，外侮频仍，内乱丛生，中国社会经历前所未有的大动乱、大变革。原本繁华的城市商埠和平静的原野乡村，变成硝烟弥漫、烽火连天的战场，战争、离乱、动荡、死亡，实实在在地闯进文人士子的生活，触痛着他们的神经。在这种时局形势下，涌现了大量表现战争离乱、堪称"词史"的作品，给沉寂已久的词坛带来新的气息。在合肥地区，这一时期词坛的代表人物是赵对澂和徐汉苍。

赵对澂（1798—1860），字野航，道光、咸丰时人，廪贡生，官广德州学正，保升知县。太平天国运动爆发，他以知县身份参与"戡乱"，咸丰十年（1860），死于战乱之中，清廷追赠云骑尉。《光绪广德州志》将其列入《宦绩传》，平生著有《野航十三种》《小罗浮馆全集》等，谭献《箧中集》选其词作7首。今人严迪昌《清词史》、莫立民《近代词史》都提到了他。赵对澂的词多抒发家国破败之感，风格苍凉急劲，常常是慷慨悲歌，颇具东坡词的风范。如《梦扬州·本意》：

黯伤魂。是迷离、一带芜城。断瓦败垣，历尽几多黄昏。

凄凉满目都非旧，听隔江、鹤唳风声。谯楼上，闲凝睇，苍茫戍火渔灯。　　甚事心头最惊。看铁骑金戈，无限纷争。怎得义旗，遍插沿河行营。莫愁烽火明瓜步，有请缨、戎马书生。待指日，欃枪扫处，毒焰全清。

扬州在太平天国运动期间是重要战场，清军围剿太平军首都金陵的江北大营就设在扬州。这首词的上片描写战后扬州城萧条破败的景象，下片回忆战争时的惨烈场面。全词最重要的字眼是"心惊"和"凄凉"，传达出普通士人在社会大动乱、大变革面前的惊惶失措。全词景物苍凉萧瑟，情感奔腾澎湃，颇具苍凉劲健之风。

徐汉苍，字荔庵，道光辛巳年（1821）举孝廉方正。1853年冬，太平军攻打庐州，他奉命协助当时的安徽巡抚江忠源守城，次年1月庐州城破，江忠源自尽，他亦被俘，面部被斫伤，后得脱险。他的生卒年均不详，《光绪续修庐州府志》说他"年七十余卒"[1]。著有《萧然自得斋诗集》《碧琅玕馆诗余》。徐汉苍的词多怀古追今、感慨飘零之作，风格凄清冷寂，幽怨哽咽，也有一些反映战争离乱的作品，同样也写得悲苦哀怨，与赵对澂的离乱词风格有所不同。如《凤凰台上忆吹箫·荒山避乱，百感填膺，抚序伤怀，望故居而泪堕矣》：

惜别心情，怀人意绪，无端白了苍须。恁化余猿鹤，剩此

---

[1] 黄云修，林之望、汪宗沂纂：《光绪续修庐州府志》（二），载《中国地方志集成·安徽府县志辑》第3册，江苏古籍出版社、上海书店、巴蜀书社，1998年，第111页。

孱躯。纵是奄奄衰病,精神减、怀抱如初。提戈起,只因志定,不是心粗。　　蹢躅。几升热血,依旧又归来,肯说神扶。痛故居烽火,泪洒吾徒。遑问花梢竹影,应忆我,往日清娱。清娱处、门前乱山,木石同居。

这是一首极具"史料"价值的词。词人曾参加过"剿逆"的战斗,后因受伤避乱荒山。全词直接抒怀,上片表达因伤无法"报国"的沮丧情绪,下片则抒发昔日"清娱"生活不再的悲哀。全词艺术性并不是很高,却真实写出士子文人在战争中的心理状态。太平天国时期的安徽是清军与太平军交战的重要战场,庐州地跨皖中、控扼江淮,更是双方抢夺的战略要地,因此饱受兵火摧残。亲身经历战争动乱的合肥词人,在惊悸害怕之余,用他们的笔墨勾画出风声鹤唳、草木皆兵的时代画卷,不愧为"词史"之作。

(四)王尚辰的末世哀音

太平天国运动以后,随着西方列强侵略的逐步加强,清王朝的腐败进一步加深,政府在政治、军事、外交上的一系列失败,严重打击了文人士子们对封建王朝的信心,词坛上弥漫着浓重的感伤颓废气息。词学史家严迪昌总结太平天国时期的词坛有三种情况:其一,咒骂洪杨的同时愤怒于"衮衮诸公"的误国;其二,回忆昔日繁华,哀叹今日凄凉;其三,表现心灰意懒,"纸上一片幻灭感"。[①] 而到了同治、光绪时代,词坛似乎只剩下第三种情况。文人士子们不再有主动请缨剿杀"贼

---

① 严迪昌:《清词史》,江苏古籍出版社,2001年,第530—531页。

逆"的热情,不再为战争疮痍黯然洒泪,也不再指责当权者的昏聩无能,他们的词作只抒发对往昔岁月的留恋和对今日的无奈,一派末世的气息,自觉或不自觉地为行将没落的封建王朝唱起挽歌。

在合肥词人中,王尚辰的词作充分体现了这一时期的词坛风貌。王尚辰(1826—1902),字北垣,号谦斋,道光诸生。早年随父参与镇压捻军。咸丰九年(1859),清军江北大营军务大臣胜保招抚割据于皖北的武装势力苗沛霖部,派遣王尚辰前去说降,获得成功,王亦"以招降苗沛霖,有声于时",因军功封官,官至翰林院典簿。他为人狂放不羁,"倜傥负奇气,诙嘲辩论,不为世俗俯仰",[①] 故不能容于官场,后归乡闲居,与时任合肥县令的谭献相交甚深,其词作中有多首与谭献的酬唱之作。从《合肥词钞》所选词作看,其词作多作于五十岁以后,风格颓唐萧瑟,充满幻灭感,颇能反映山河破碎的末世之际普通士人对国家前途的绝望心态。如《水龙吟·听雨》:

宵来中酒微醒,一灯如豆光逾炯。烟昏月晕,房空胆怯,剪刀风冷。斜倚薰笼,重温香梦,闲扶花影。忽草堂星暗,瓦沟雨响,雄虹见,雌雷殷。　　兀自强浇苦茗。笑世事、阴晴无定。料得明朝,提壶枝上,催开银杏。珍重韶光,少年惨绿,易成衰病。记醉携红袖,刻残翠烛,小楼同听。

[①] 金天翮:《徐子苓朱景昭王尚辰传》,载钱仲联主编《广清碑传集》卷十二,苏州大学出版社,1999年,第844、845页。

这首词描写凄风冷雨的场景：一灯如豆，境界狭小；烟昏风冷，情境凄苦；星暗雨响，音色暗淡，很明显是风雨如晦的末世的写照，越来越颓败的时势让曾经忠于清廷的士子们感到绝望、迷茫，他们看不到希望，找不到前途出路，便只好沉迷于一己的小天地，醉生梦死，自我消沉，在不知不觉间为他们的王朝唱起挽歌，这大概就是同治、光绪以来词坛特别消沉的原因。如果说道光、咸丰之际的词作在悲鸣中还含有一些希望和志气的话，同治、光绪以来的词作则折射出一个行将没落时代的灰暗底色。

（五）《合肥词钞》的词史价值

清词号称"中兴"，是两宋以来词史的第二个高峰。在清代近三百年的历史中，词坛前后兴替，名家辈出，词派纷呈。关于清词的发展历史，晚清以后不断有人进行总结。如清人胡薇元《岁寒居词话》云"清初词人，如吴骏公、梁玉立、龚孝升、曹洁躬、陈其年、朱竹垞、严荪友诸家，词采精善，美不胜收。中间先征君稚威、吴毂人、洪北江、钱晓征，均称后劲。嘉道以来，则以龚定庵、恽子居、张皋文辈为足继雅音也"[①]，点出清初百家争鸣、清代中叶浙派独盛、嘉道以来常州派兴起的发展历程。张德瀛《词征》亦云："本朝词亦有三变，国初朱、陈角立，有曹实庵、成容若、顾梁汾、梁棠村、李秋锦诸人以羽翼之，尽袪有明积弊，此一变也。樊榭崛起，约情敛体，世称大宗，此二变也。茗柯开山采铜，创常州一派，又

---

① 胡薇元：《岁寒居词话》，载唐圭璋主编《词话丛编》，中华书局，2005年，第4038页。

得恽子居、李申耆诸人以衍其绪,此三变也。"① 这里将清词历史划分为三个阶段,特别强调朱彝尊、陈维崧在清初词坛的领袖地位。民国胡云翼的《中国词史略》把清词划为"清初词""浙派词""常州派词""清末词"② 四大部分。吴梅的《词学通论》将清词划分为四个阶段:第一阶段为清初,包括辇毂诸公(大臣词)、吴越操觚家(江浙词人)、纳兰性德等。第二阶段包括朱彝尊、厉鹗相继为领袖的浙派,陈维崧为领袖的阳羡词派,太仓诸王词人(王时翔等)。第三阶段为浙派后人,常州词派张惠言、周济等。第四阶段为"洪杨之乱"时期的蒋春霖、常州派中后期的谭献、晚清四大词人等。"四段论"将道光、咸丰之际的乱世词纳入清词的发展历程中,使清词的历史愈发完整。当代词学家严迪昌的《清词史》将清代词史归结为四个阶段,即"清初词坛""阳羡、浙西二派和清词'中兴'诸大家""清代中叶""常州词派和晚近词坛"。该书对前人较为忽略的"清初词坛"(包括云间词派、柳州词派、广陵词坛、京师词坛、遗民词人等)、"清代中叶词人"、"道咸词史"作了较为详细的梳理与总结,并对每一阶段词史特点进行了精辟概括。

相对于扬州、杭州、常州等词薮之乡,合肥在清代词坛中的成就并不突出,但是有自己的特点。对照清词历史,不难发现,在清词发展的各个阶段,合肥都有较为出色的词人。清初

---

① 张德瀛:《词征》,载唐圭璋主编《词话丛编》,中华书局,2005年,第4184页。
② 胡云翼编:《中国词史略》,载孙克强、和希林主编《民国词学史著集成》第2卷,南开大学出版社,2016年,第770—790页。

词坛百家争鸣,龚鼎孳是其中不能忽略的一位。作为清初"大臣词"的代表,他对明清易代之际"贰臣"复杂心态的抒写,"虽然仍隐蔽曲转,但比起别的同僚已淋漓尽致得多"①,因而较之同时代的吴伟业、梁清标、曹溶等更具有代表性。清代中叶"浙派"风靡天下,在合肥词人当中,前有李天馥、何五云的创作,体现了"歌咏太平"的盛世之音,后有田实发的创作抒写中下层士人的辛酸坎坷,与以厉鹗为代表的浙派词人抒写"才士困顿的抑郁"② 遥相应和。道光、咸丰时期,很多合肥文人直接处于时代的旋涡之中,亲历社会大动荡,甚至亲自参加了对抗太平军的各种战役,其作品生动记录了道光、咸丰乱世的种种景象和士人心态,是整个道光、咸丰词坛的重要组成部分,徐汉苍、赵对澂的词作充分证明了这一点。

常州词派作为晚清社会的主流词派,其影响广泛而深远。常州词派倡言"意内言外"和"比兴寄托",该派词人身处末世,词作的基本精神是为没落的时代唱挽歌,清冷、凄凉、哀婉是其主基调。由于历史的机缘巧合,合肥词坛也受到了常州词派的深刻影响。在常州词派的诸多名家中,对合肥词人影响较大的是词学大师谭献。光绪十年(1884)五月,谭献任合肥知县,十三年(1887)正月末离开合肥,前后近三年时间。在合肥期间,谭献结交了很多文人雅士,王尚辰是与其交谊最深的一位。谭氏《复堂日记》中"记载谭献与王尚辰交往事迹多达14条"。二人经常"相聚在王尚辰家宅遗园,讨论诗词歌

---

① 严迪昌:《清词史》,江苏古籍出版社,2001年,第122页。
② 严迪昌:《清词史》,江苏古籍出版社,2001年,第348页。

赋",谭献还为王尚辰"审定《谦斋诗集》七册"。① 在《谭献集》中,与王尚辰唱和或相关的诗词有10多首。而在《合肥词钞》选录的王尚辰的69首词作中,与谭献相互唱和的就有5首,其中《贺新郎·戊子秋仲修书来,自言科名仕宦、学术文章皆废半途,因号半崖,谱此慰之》云:

万事如转烛。叹茫茫、尘海劳形,几人知足。不惯折腰抛手板,自笑未能免俗。把一卷、残书遮目。阅世半生都坐懒。看鸡虫、得失何荣辱。闲啖蔗,胜增禄。　　相思梦绕西湖曲。莫漫说、牵船岸上,陆居无屋。三竺六桥图画里,斗酒常招近局。我愿作、云龙追逐偕隐。有妻儿识字,共狂奴、两地消清福。耆旧传,待君续。

从这首词的题目可以看出,谭献将半生潦倒、功业无成的心中隐痛尽情向好友吐露,王氏以看淡世间荣辱得失之语安慰之,两人像是相知多年的老友,无话不谈。谭献作宰合肥时已经50多岁,词作风格早已形成,词学思想也早已成熟。在文学观念上,谭献"以忧生念乱之时,寓温厚和平之教"②;在创作上表达"既想倾其所能挽救那日薄西山的清王朝,同时又深感这个王朝痼疾亟沉,已然病入膏肓"的"悲剧性心理状

---

① 潇潇:《谭献在合肥的交游创作与思想演变》,《合肥学院学报》(社会科学版)2014年第2期。
② 方智范、邓乔彬、周圣伟等著,施蛰存参订:《中国古典词学理论史》,华东师范大学出版社,2005年,第312页。

态"。① 王尚辰起于行伍,本为倜傥潇洒之人,其词风却凄凉萧瑟,其原因除了对时代的真实感受外,谭献及常州词派对他的影响也显而易见。除了王尚辰之外,谭献在合肥期间还结交了很多文人雅士和淮军后代,如方浚颐、李经畲、张华奎、蒯光典等,他们经常在一起游览山水、唱和诗词,这也使常州词风播散到更多合肥文人的心中。《合肥词钞》中选录的张华斗、李经达的词作,都写得悲凉抑郁,有着常州词派的影子。

地域性是清词发展的重要特点。清朝近三百年词史,杭州、湖州、嘉兴、松江、苏州、常州等环太湖地区,无疑是词学发展的主流区域,但是环太湖之外的扬州、金陵、京师(北京)、长白(东北)、山左(山东)、两广、闽中等区域,也都有名家产出,"词学盛行直省十五国,多有作者"②,各区域全面开花,是"清词中兴"的重要标志。由于历史文化差异,各地在清词发展不同阶段的情况不同,从而构成各地词学发展特色的不同。例如两广、闽中地区,在清朝前中期默默无闻,在晚清时代却异军突起,引领词坛;杭州、湖州、扬州地区,在清初和中叶都有兴盛的阶段,但在晚清时期影响不大。合肥地处皖中,在清初、清中叶、晚清的各阶段都有代表性作家,在清词史的大部分阶段都有自己的印记,反映出各阶段的特点。从这个角度来说,《合肥词钞》所呈现出的"合肥词史",是清代词史的缩影,因而具有"词史"价值。

---

① 朱德慈:《常州词派通论》,中华书局,2006年,第151页。
② 蒋景祁:《刻瑶华集述》,载冯乾编校《清词序跋汇编》,凤凰出版社,2013年,第273页。

三、李鸿章家族的文采风流

李鸿章家族在中国近代社会具有举足轻重的地位。以李鸿章为首,李氏兄弟六人在军事、政治、外交、工商实业等方面均有建树,其子孙后代也是人才辈出,绵延不绝。文化艺术虽不是这个家族特别突出的领域,却一直是这个家族赖以生存和延续发展的精神源泉。《合肥词钞》为我们了解这个家族及其后人的情况提供了重要窗口。

(一)李氏族人的文学与文化成就

李鸿章长子李经方读书很用功,热心文教事业。1902年,他创办了合肥第一所中学——庐州中学。次子李经述(1864—1902),精通古今体诗歌,是一位很有才气的诗人,他还对历代史实感兴趣,写有多篇历史论著,作品被其子李国杰编入《合肥李氏三世遗集》。三子李经迈虽不长于读书而善于经商,却是个嗜书如命的藏书家。李鸿章大女婿张佩纶这一门,出了一个著名的才女张爱玲。李鸿章兄长李瀚章一门中,长子李经畲(1858—1935),是光绪庚寅年(1890)恩科进士,一生为官虽然没有太大政声,在文化界的名气却很大,尤其在北京的京剧界,几乎无人不晓。李鸿章三弟李鹤章之孙李国松一生嗜好读书,是桐城学派传人马其昶的得意弟子,著有《集虚草堂丛书甲集》十种等,是南北知名的大学问家和大收藏家。李鸿章的五弟李凤章之孙李国森(李荫轩)是著名的青铜器收藏家，写过数十篇考证文章，后将所收藏的文物全部捐献给国家。①

在这个家族中，最具文采风流的是李蕴章一房及其后人。李蕴章长子李经世为光绪庚辰（1880）科进士，历任翰林院编修等职；李经世的两个儿子国模、国楷均善诗文，后者著有《餐霞仙馆诗存》。次子李经邦著有《皖政刍议》《冰谷诗草》等；其长子国棣著有《天放楼诗集》《合肥诗话》，次子靖国著有《春馆诗集》等。蕴章三子经钰之子国枢著有《问淞诗存》。四子李经达是晚清较为有名的诗人，著有《滋树室诗文集》等，民国徐世昌编《晚晴簃诗汇》，选其诗歌一首；其长子国柱是现代史上较有名的诗人，著有《遂厂诗集》《抱山簃诗话》，三子国荣也是诗人，著有《借园诗集》。在"家"字辈当中，经钰之孙、国环②之子家孚著有《合肥诗话》《一粟楼诗文遗稿》。另有国松长子家煌著有《始奏集》《瘵音词》，次子家炜著有《拈华词》。李家女性诗人也是巾帼不让须眉，著述也不少。李国模之妻彭淑士著有《碧梧轩诗存》《绣冰词》，李国楷之妻陈秉淑著有《翠枫阁诗词》，李鸿章孙女、经方之女李道清著有《饮露词》等，李国环之女家恒著有《闺秀诗话》等。③

《合肥词钞》所收李氏族人的词作主要为李蕴章一房的词人作品。李氏家族人口众多，李国模一生主要蛰居安庆，接触本房以外族人的机会较少，故多选本房族人之作。所收情况

---

① 以上资料参照宋路霞《细说李鸿章家族》第五、九、十四章（上海辞书出版社，2009年）。
② 宋路霞《细说李鸿章家族》作"国怀"，此处从《合肥词钞》。
③ 以上资料参照李国模《合肥词钞》和宋路霞《细说李鸿章家族》第五章。

是：李经世3首，经达37首，经筵1首；李国模73首，国楷4首，靖国、国桂各1首；李家炜5首，家煌2首，家孚1首。彭淑士30首，李道清17首，李敬婉（经邦之女）、陈秉淑、李家懿（国模女）各3首，李家恒2首，吴翠云（经世妾）、吴琼华（国环妻）、陈秀珠（国模妾）、孔茜霞（国楷妾）、李淑琴（经世之女）各1首。李氏词人的词作数总共191首，在分量上占全书的四分之一强，这说明李氏家族的词人们是近代合肥乃至安徽词人当中不可或缺的一部分。

（二）李氏词人的精神世界

李氏家族的命运沉浮在中国近现代史上具有典型意义。这个家族，"因李鸿章的命运，先是大红，后是大黑，悬殊之大，有若天渊"[①]，其中的滋味感受大概只有李氏族人自己才能体会。"大红"时候的境遇世人都能看到，而"大黑"之后的命运似乎少有人关注。《合肥词钞》所选词作，是我们考察这个家族成员的生存境况与精神风貌非常直接的资料。

1. 对王朝败落的感伤痛彻

《合肥词钞》收录的李氏词人当中，李经达和李国模的成就比较突出。从他们的词作中，可以看出不同时期李氏家族成员的思想与情感状态。

李经达，蕴章四子，1863年生，原名经良，字郊云，别号拙农，县学生，刑部督捕司郎中，江西候补道，加三品衔，赏戴花翎，赏给二品封典，诰授资政大夫，著有《滋树室诗文

---

① 熊月之：《一个家族与一个时代》，载宋路霞《细说李鸿章家族》，上海辞书出版社，2009年，序言第2页。

集》等，卒于1902年，年仅39岁。李经达在世的时候，李氏家族仍然处在得势时期，虽然李鸿章因甲午海战失败受到排挤，并因签署《马关条约》而背上了"卖国贼"的骂名，但是他在清廷的位置仍然是不可撼动的；1900年八国联军入侵北京以后，他奉命与洋人谈判，为维护清廷颜面竭尽心力，更是博得皇室尊崇。然而朝廷的延续、个人家族的尊荣改变不了整个国家衰败的命运，清季文坛普遍弥漫着感伤、迷惘甚至绝望的情绪。李经达虽为豪门公子，仕途也因家族势力的庇护而颇为顺达，但对时代的体会上，与文坛其他士人是相通的。在他的词作中，我们看不到豪门公子的洋洋意气，也看不到功臣之后的咄咄傲气，相反，更多的是感伤怀旧的悲愁情绪。如《齐天乐·皖城怀古》：

河山自古如棋局，转瞬便成陵谷。皖伯荒台，南朝废寺，都是前人兴筑。倾颓何速。便蔓草萦烟，荆榛盈目。沧海桑田，故家何处森乔木。　　城郭风清首蓿。荒郊时极目，马嘶秋肃。百顷练湖，千寻潜岳，未改当年渔牧。舆图半幅。尽蟋蟀宵吟，鸤鹈春浴。写入新词，当蓬莱实录。

这首词直抒胸臆，上阕感慨古今山河变化不定，下阕落到"舆图半幅"的大清现状，以"风清首蓿""马嘶秋肃""蟋蟀宵吟"等萧瑟凄清的景物来象征国家民族所处的颓败处境，字里行间流露出悲凉无奈的情绪。又如《满江红·申江感旧》：

蜃市楼台，乍疑是、飞仙小谪。记曩日、题襟雅集，贞盟匪石。万事云烟真过眼，三千悲乐空填臆。对孤灯、秃笔纪前游，都成昔。　　车马盛，秋风客。华灯灿，倾城色。尽绮席征歌，欢场演剧。旧梦已随江水远，新知何意蓬山隔。望青天、碧海信沈沈，真何益。

这是一首回忆往昔朋友聚会欢乐、悲慨今朝寂寞的词作，然而落脚点仍是"万事云烟真过眼，三千悲乐空填臆"的虚无之叹，充满哀伤、悲苦、绝望，表现出暮气沉沉之态。此外，如《满江红·皖江怀旧》《感皇恩·金陵怀古》《玉漏迟·题芷帆太史〈楸阴感旧图〉》《凤凰台上忆吹箫·怀旧》《桂枝香·京江中秋节感旧》等，表达的都是物是人非、人生虚无的颓唐之叹，和清季其他词人词作如出一辙，都是大清王朝的挽歌。回想家族的荣光，看到颓败的现实，李经达自然会生出更多的感叹。"浮生如泡影，鸿泥到处，都成虚境"（《玉漏迟·题芷帆太史〈楸阴感旧图〉》）、"凭谁理，怀往事，尽凄凉"（《金人捧露盘·题顾横波〈墨兰〉残幅》）之类的感叹，似乎也是在预言一个家族行将衰亡的命运。

2. 乱世遗少的闲情雅兴

李国模（1883—1932）一生经历清朝和民国。他长大成人时，李家早已失势，成为地地道道的没落贵族之家。然因为祖上善于经营，留下大量产业，身处朝代巨变的李氏子孙，即便不供职于政府，不出去谋生，光靠祖业也能维持生活，加之传统"忠君"思想的影响，李家"经""国"字辈的很多人在民国之后便不再过问世事，而是过着闲居生活，属于典型的"遗老遗少"。李国模的词作，大体上反映了这一时期李氏家族成员的思想状况。在李国模的词作中，最突出的是描写闲居生活的内容。如《望江南·海上纪事四首》：

无个事，曳杖出城东。柳巷说书奇侠传，榕阴习剑少林宗。拍手笑儿童。

无个事，菊部快流连。白发空谈天宝盛，黄冠终老义熙年。供奉散如烟。

无个事，小祀紫姑神。鬟角簪花飘彩胜，米颠狂草势轮囷。忙煞披鸾人。

无个事，雏婢苦相邀。桃叶清溪三妹宅，莲花绮貌六郎娇。画桨过虹桥。

李国模既无衣食之忧，也不愿过问时事，或隐居安庆，或闲居上海。从上述几首词可以看出，他的生活内容主要是听书唱戏、簪花写字、探幽访胜等等，离民生凋敝的现实社会相距很远。虽然李国模也算是忠于大清王朝的遗少，但在情感上，已经不像他的叔叔李经达那样对其所属的王朝有着深刻的眷恋。他可能是看明了历史的发展方向，对于王朝和家族的衰亡，已多出几分淡然与超脱。正因为如此，他作诗写词更多是为陶冶性情，抒写传统文人的风情雅致。因为他"孤怀超洁，淡于荣利"，所以时人评论他的词作"清真恬洁"[1]，堪称"今

---

[1] 李国环：《瘦蝶词序》，载李国模《瘦蝶词》附录，民国二十二年安庆李氏慎余堂铅印本。

世白石"①。

3. 怀念前朝的落寞凄凉

李国模并不是完全忘记历史与现实,他的心头还是时常生起对大清王朝和家族荣光的怀想之情。这种怀念之情,时常飘荡在他的词作中,比较典型地写出了那个时代遗老遗少的思想情怀。如:

清平乐·赠乐园弹三弦左叟德中
檀槽低拨,响已行云遏。亡国余音凄以越,深得玉峰衣钵。　　徐如珠走盘匜,疾于阵马奔驰。耻作侯门铗客,甘为人海琴师。

清平乐·重过荔香院旧址感作
平康坊路,十九年前住。门对青溪杨柳渡,家在绿荫深处。　　依稀丁字帘栊,者番凤去台空。不管水流花谢,一齐付与东风。

前一首词,上片写听到故人的琴声,勾起对逝去江山的怀想和伤感,其情思意蕴大有杜甫《江南逢李龟年》的味道;下片感叹朋友的人生选择,这位朋友往日可能是奔走于侯门的官场之客,江山易代之后,他选择了"甘为琴师"。"大隐隐于市",他的选择与李国模的人生道路可以说是殊途同归。如此写来,清王朝遗老遗少们的落寞情绪也就尽在不言中了。后一

---

① 蔡杰:《瘦蝶词序》,载李国模《瘦蝶词》附录,民国二十二年安庆李氏慎余堂铅印本。

首词是触景生情之作,往昔笙歌曼舞的平康坊,而今已经是"凤去台空",一切都如"水流花谢"一般,勾起词人"付与东风"的感慨,词作表达的仍是亡国之音。不过,同样是对大清王朝的眷恋,李国模和他的叔父相比,更能从历史发展的角度去感叹"人生空幻,往事如烟",少了几分忧郁,多了几分旷达。

4. 感时伤世的民生关怀

虽然是清朝遗少,虽然淡然于新时代的变革,李国模也并不是完全沉溺在自己的小天地里,他的眼睛也时常会投向现实世界,看看苦难的时代。"仁民爱物"的儒家思想传统,也促使他为民生疾苦而悲痛。李家的人并不是完全生活在真空里,时代的动乱也常常会影响到他们的生活。日本帝国主义发动的侵华战争,把他们生活的节奏打乱,迫使他们不得不同普通民众一样四处避难。在这种情况下,李国模对民生疾苦和时代的痛彻体会就更深刻了,这些也构成其词作的重要内容。如:

点绛唇·海上闻警

鼎沸尘昏,中原从此遭涂炭。桃源路幻,莫避秦时乱。国难年荒,骨肉东西窜。乡书断,终宵长叹,独客南天半。

浣溪沙·洪湖秋泛二首(其二)

旭日苍波浴远空,湖山如在画图中,篷窗瑟瑟听秋风。水汇黄淮游上下,天连吴楚界西东,那堪泽国尽哀鸿。

(辛酉秋霖为灾,洪湖泛滥,吾皖被灾十余县)

前一首词是感慨战争给人民带来的灾难，上片高度概括了发生在北中国的战乱，从时间上来看，"鼎沸尘昏"当指发生在1930年的蒋、阎、冯、桂军阀大混战，因其主战场在河南、山东、湖北、安徽四省，故称"中原从此遭涂炭"；下片则从切身感受来写人民的苦难和自己焦急忧郁的心情。词人虽然不问世事，却怀着对百姓的深刻同情，将这些军阀混战称为"国难"，表达了反对战争的立场，谴责战争给人民造成"骨肉东西窜"的悲惨境遇。词人此时暂居上海，与安庆家人的音讯常常遭到中断，这让他忧心如焚，故"终宵长叹"。由一己之痛而想到全国人民之痛，由一家之难而想到整个国家之难，谴责战争，哀叹民瘼。第二首词感慨的是1921年（辛酉年）黄海洪水大泛滥之事，全词表达了对人民受灾的深刻同情，对故乡安徽的关心眷恋也是格外深沉。

（三）李氏家族中的女性词人

《合肥词钞》还选录了11位李氏女性词人的70多首词作，从另一个角度展示了这个家族的文采风流和开明开放的家风。这些女性词人，有的是李氏本家培养出来的女儿，有的是嫁入李家的女子。她们的词作，以小令为主，大多抒写闺阁情思，风格含蓄温婉、典雅清丽，显示出较高的文化修养。

在这些女性词人当中，李道清、彭淑士是成就较为突出的两位。李道清，李经方之女，嫁常熟举人杨鉴为妻，《合肥词钞》选其词作17首，其词作大多写离愁别恨，充分表达了一个闺中少妇对夫君的留恋和相思之情，感情深挚缠绵，在风格上以含蓄隽永为主，颇具纳兰词风味。如其中一首《浣溪沙》云：

> 碧水悠悠澹远空，无言闲立画桥东，夕阳影里落花中。
> 有恨门开千岭绿，无情帘卷一庭红，黄昏惆怅雨和风。

全词塑造了一个徜徉在黄昏、沉浸于相思之中的抒情主人公的形象，虽多景语却又是相思之人的眼中之景，虽少情语却能以对比之辞出之，尽显含蓄之美，读来耐人寻味。

彭淑士，安徽无为知州彭名保之女、李国模之妻。她的词既有闺中生活的书写，又有伤春悲秋的感慨；既有儿女亲情的絮叨，又有离愁别恨的抒写。如《西江月·闺中遣兴》云："懒问米盐琐事，闲寻笔墨陶情。莺啼燕语读书声，真个纱窗人静。　弹罢七弦琴韵，敲残一局棋枰。绿阴深处嫩凉生，几点苍苔露晕。"生动反映了贵族之家闺阁女性的优雅生活。

李氏女性词人还有一些突破闺阁题材的怀古咏史之作，展现了李家女儿情怀中的另一面。例如，陈秉淑（翰林院编修怀宁陈同礼女、李国楷之妻）的《鹧鸪天·广陵怀古，吊隋炀帝》和李道清的《减字木兰花》：

鹧鸪天·广陵怀古，吊隋炀帝
宫殿荒凉锁断霞，行人遥指玉钩斜。忍抛秦陇兴王地，欲取芜城作帝家。　迷楼筑，锦帆遮，蕃釐御观宴琼花。只今一带垂杨柳，剩有飞萤逐暮鸦。

减字木兰花

孤城云外，当日楼台今孰在。细雨红楼，一夜江声枕上愁。　　山川如许，彩笔题诗深夜语。入耳砧声，扬子江头月自明。

前一首词以工笔写景状物，说古论今，感慨深沉；后一首词以白描笔法轻轻点染，重在烘托意境而少议论，含蓄浑成而有韵味。两首词又都写得开阔旷远，具有男儿豪迈之风，是闺阁词中难得的大气之作。

四、合肥地域文化的生动呈现

作为一部地域性词选，《合肥词钞》在表现合肥风土人情与地域文化方面也颇有特色，带有鲜明的"合肥印记"。

（一）"刚健尚武"民风的文学呈现

合肥地处江淮之间，连接南北东西，在明清以前，常成为南北政权争夺的战略要地，故此地民风偏于彪悍。元代合肥人余阙曾总结合肥的民风特点说："其民质直而无贰心，其俗勤生而无外慕之好，其材强而无孱弱可乘之隙。"[①] 近代淮军的崛起，更是体现了合肥人崇武尚勇的特色。词学大师谭献在合肥作宰三载，曾经特别感叹："江淮之间固多异人哉。咸丰初欃枪明于上，萑苻应于下，异军苍头，特起蜀山肥水数百里

[①] 王咸：《新建碑楼记》，载左辅纂修《(嘉庆)合肥县志》，黄山书社，2006年，第582页。

间。"① "乱世出英雄",淝水两岸民风本就尚武,道光、咸丰以来的乱世正好给合肥人开创英雄业绩提供了绝好机会。在李鸿章的领导和影响下,合肥走出无数军事将领,他们大多数起自行伍,具有不凡的军事才能,如刘铭传、张树声等,铸就了淮军的辉煌,也将淝水两岸的勇武之风发扬光大。士来自民,作为文化创作的主体,士人阶层的特点也会受到当地民风的影响,由此而影响到他们的创作风格。

近代以来,整个词坛的创作以"静弱""深微""清冷"②为主要特色,合肥词人的创作也大体如此。但近代词的发展有很强的地域性,不同地方的民风人情,在一定程度也影响了词的面貌。虽然这种影响不是主要的、根本性的,却能使一个地方的词作呈现出别样的风貌。这种影响体现在合肥词人的创作上,便是"慷慨之音"尤为多见,这是《合肥词钞》与同时代其他词集相比一个非常明显的特色。集中所选的陈云章、赵对澂、王映薇、王天培等人众多慷慨激昂的词作,抒发了士人渴望建功立业和抵抗列强侵略的豪情壮志,把合肥民风尚武的地域特点表现得淋漓尽致,即使是放在整个清代词坛也是别具特色的。

陈云章(生卒年不详),字亦昭,道光时人,贡生。曾任直隶遵化州知州,著有《劫灰诗集》。《合肥词钞》中,其四首词作均为慷慨激昂之作。如《满庭芳·赠黄季绳先纶》:

---

① 谭献:《合肥三家诗钞叙》,载谭献编《合肥三家诗钞》,光绪二十七年鹄斋刻本。
② 莫立民:《近代词史》,人民文学出版社,2010年,第2页。

嗷雁晨飞，贪狼夜耿，难禁我辈悲秋。重阳节近，把酒不消忧。漫说杞人堪笑，乾坤窄、何处昂头。湖海士，空存意气，有笔为谁筹。　　且休，论似汝，腹便东观，目邈南州。是高科门第，也抱穷愁。耕到砚田岁恶，儒同丐、那作生谋。非然者、胡为长吉，愤欲带吴钩。

该词用慷慨之言感慨人生穷途、进退无门，较一般表现此类情感的词作颇为不同。

王映薇（生卒年不详），字紫垣，咸丰时人，诸生，官教谕，著有《自怡悦斋诗存》《漱润斋诗余》，谭献《箧中词》选其词作2首。从总体上来看，他的词多写闺情和羁旅客居之思，凄苦哀怨，与社会现实较远。但集中却有几首《满江红》直陈时事，壮怀激烈，具有振奋人心的作用。如《满江红·赠李中丞》《满江红·赠刘军门》，热烈赞颂淮军将士平定内乱、抵抗外国侵略的豪情壮志。再如《满江红·感怀二首》（其二）：

顾影自怜，空白了、少年须发。辜负却、黄衫侠骨。青萍剑锷。病体已随围带减，刚肠犹作残灰热。击唾壶、高唱老瞒诗，声悲切。　　狐兔辈，何时灭。魏狖士，何时撒。叹中原销尽，万民膏血。回首江南花月夜，惊心塞北关山月。愿从今、高举唳长空，辽阳鹤。

该词上片感叹自己年华空度，不能战场杀敌，但即便如此，他还是要击唾高歌，抒发报国的壮志豪情；下片感叹内忧外患、民生涂炭的时事政治，表达渴望天下太平的愿望。其中,"回首江南花月夜,惊心塞北关山月"一句,感慨深沉,对仗齐整,境界壮阔,为全词增添了许多风采。

王天培(生卒年不详),字元符,民国时人,日本士官学校毕业生,官皖军都督、陆军中将,著有《元符诗草》。作为一名军人,他的词作慷慨激昂,尽情抒发了中华儿女抗击外侮、光复国家的坚定信念,风标独立,振奋人心。如《满江红》(其三):

大好江山,残阳外、寒鸦乱舞。指点处、断堤衰柳,可怜焦土。尘世半生空做客,神州万里谁为主。痛英雄、用武地偏无,冲冠怒。　　天柱折,娲皇补。蠢尔贼,敢予侮。誓挥戈纵马,更张旗鼓。扫尽夷愤光禹迹,挽回劫运昭文祖。看群儿、罗拜下风来,争呼父。

本词直抒胸臆,上片慨叹江山破败、英雄无用武之地,下片痛斥外国列强,表达要"扫尽夷愤、挽回劫运"的决心,全词弥漫着昂扬的斗志,喊出了那个时代的最强音。

除上述词人词作之外,《合肥词钞》还选录了龚鼎孳词作中慷慨豪放风格的作品20多首,占到总数的近三分之一。如《沁园春·题其年〈乌丝词〉》原作共7首,这里选录4首;《贺新郎·和赠其年》原作共7首,这里选录3首。苏轼的《念奴娇·赤壁怀古》为千古豪放之作,历代有很多人和此韵,《合肥词钞》选录赵对澂和此韵之作10首,均为慷慨激荡之作,超过其入选词作的三分之一(《合肥词钞》选录其词作27首)。综合来看,《合肥词钞》共收录豪放风格的词作近60首,而且都是长调,约占全部词作的十分之一,这在同时代的地域性词集中是十分突出的。这说明编选者对豪放词风的热爱,同时也是合肥地域文化特色的生动呈现。

(二) 自然与人文景观的生动展现

合肥是千年古邑,文化底蕴深厚,有很多自然风光与人文景观,吸引了无数文人雅士歌咏感慨。《合肥词钞》收录了一些合肥词人歌咏家乡风物历史的作品,也凸显了合肥的地域文化特色。如徐汉苍《玲珑四犯·藏舟浦在今城内浅坝,三国魏将张辽袭吴,藏战船于此,与肥水相接。旧传浦内有岛屿花竹,颇为佳境。〈舆地纪胜〉"刘贡父游至澄心寺"即此》:

城阙参差,听教弩声中,金鼓何处。乱苇离批,低覆霸图艨艟。春水昨夜方生,又大道、紫骝飞渡。正柳营羽檄交驰,催起藏舟无数。　　醉吟怀古刘郎句。吊澄心、法宫谁护。萧条岛屿淝流阔,多少闲鸥鹭。千载石火电光,情纵极、苍凉何补。只几行杨柳,烟月下,抛荒圃。

词作想象三国时代吴魏两国在合肥大战的场景,上阕渲染战争的紧张气氛,下阕感慨沧桑巨变,韵味悠长。与三国历史相关的词作还有徐汉苍的《渡江云·筝笛浦在吾乡水西门内,相传魏武载妓船覆于此。陶靖节〈搜神后记〉云:"尝有渔人夜宿,但闻筝笛弦节之音,声气非常。"今河道淤塞久矣》、王尚辰的《浪淘沙慢·晚泊濡须坞感赋》等作品,读后都会让人想起千年之前吴魏在合肥争霸的历史画卷。

两宋时期是合肥历史发展的又一个高峰。合肥人杨行密（852—905）出身行伍，以平民之身建立杨吴政权，跻身五代十国之列，堪称乱世英豪，受到后世崇拜。徐汉苍的《柳梢青·杨行密故居在吾郡城内，地名石头塘》通过凭吊吴王故居，抚今追昔，抒发感慨。

情绪茫茫，春回废圃，水涨平塘。金井香铺，玉阶草长，谁吊吴王。　故宫曾弄笙簧，绮丽地、鸦飞夕阳。冉冉楼台，森森荣战，一例荒凉。

合肥人包拯（999—1062）为官清正廉洁，立朝刚毅，不附权贵，铁面无私，敢于为百姓申不平，为后世官员树立了典范，被后世称颂为"包青天"，一身正气，光耀千古。两宋时期合肥留下了很多与包拯有关的古迹，如包公墓、包公祠等，吸引后人凭吊。《合肥词钞》选录了张华斗《沁园春·题张憩云副榜〈香花墩①赏荷图〉》、张世铉《浪淘沙·题香花墩》两首词。前一首云：

赫赫龙图，亮节清风，推第一流。慨凄凉松影，台寻教弩，低迷草色，浦吊藏舟。割据威名，笙歌韵事，昔日豪华尚在不？斯墩也，独荷香环绕，矗峙千秋。　羡君选胜寻幽，结隽侣、芳郊试紫骝。看新蒲细柳，浓阴似幕，红裳翠盖，溽暑初收。锦字题残，生绡写罢，醉墨淋漓傲九州。风光好，祝

---

① 香花墩位于合肥老城区内，据说是包拯少年读书处，也有说是包公祠所在地。

他年驻节，重证前游。

该词运用对比手法，赞颂包拯"亮节清风"的精神力量胜过三国吴魏争功的历史功业，流芳千古。

南宋时，合肥是宋金对峙的前沿，大词人姜夔数次客居合肥，与曲栏中擅弹琵琶的女子产生爱情，写下数十首感怀爱情和身世的名篇佳作，为古城合肥增添了无限风情，也留下很多遗迹。王尚辰的《沙塞子·庚寅春暮亚白重来肥上喜赠》《淡黄柳·秋晚寻赤阑桥遗址，次白石韵》歌咏了这样历史遗迹。后一首云：

城阴巷角，疏柳青连陌。惹起西风心转恻。我亦江南久别，秋燕归来可曾识。　　暮喧寂，行吟自忘食。二分水，半弓宅。看颓阳、淡闪寒鸦色。梦断箫声，小红何处，无那情丝蘸碧。

赤阑桥是姜夔（号白石）客居合肥之地，其名作《淡黄柳·空城晓角》描写了初春时节"边城"合肥凄凉萧瑟的景象，寄寓爱情难再、人生漂泊之感。王尚辰的这首词写景抒情，承续原作凄清之意，但意境更加清冷颓唐，"看颓阳、淡闪寒鸦色"，满是浓重的末世情调，是凭古吊今的佳作。

另有杨开森的《望江南·泛舟巢湖》《临江仙·丁卯秋，偕史次耘游斗鸭池、龚氏蓬庄，因赋一阕志之》等词作，描绘了巢湖、蓬庄（逍遥津内）风光景物，令人流连忘返。

五、《合肥词钞》的文献价值

作为一部有影响的词集,除文学内涵、文化价值之外,《合肥词钞》还具有较高的文献价值,主要表现在三个方面。

(一)词人小传为后人编纂、辨析相关文献提供依据

《合肥词钞》在每位作家作品之前都有一个小传,对每位词人的字号、时代、功名仕履、别集或词集名称都作了简单介绍,对女性词人还介绍了她们的籍贯和夫君,这为后人编纂总集、别集和词集时作词人小传提供了依据,同时也为辨析后出文献的正误提供参照。如《合肥词钞》介绍何五云:"字鹅亭,康熙时人,贡生,官山东泗水县知县,著有《对未斋集》《红桥词》。"《全清词·顺康卷》的介绍是:"字鹤亭,安徽合肥人。贡生,曾官山东泗水知县。著有《红桥词》。"[①] 后者除作家生活年代、别集名称没有介绍及作者的"字"稍有异外,其他与《合肥词钞》基本一致。何五云是没有名气的作家,《合肥词钞》对这类作者的生平介绍就显得非常重要。又如《合肥词钞》介绍赵对澂相当详细:"字野航,道光时人,廪贡生,官广德州学正,保升知县,殉洪杨之难,追赠云骑尉。著有《野航十三种》《小罗浮馆全集》。"《光绪续修庐州府志》中并无关于此人的任何记载,《合肥词钞》的这段记载无疑是对合肥地方志的一个补阙。

《合肥词钞》的人物小传有时与《全清词》的介绍有所不

---

① 南京大学中国语言文学系《全清词》编纂研究室编:《全清词·顺康卷》,中华书局,2002年,第1931页。

同。例如《合肥词钞》介绍李天馥:"字湘北,号容斋,本河南永城县卫籍,先代徙肥,遂为肥人。顺治丁酉河南举人,戊戌进士,官武英殿大学士,谥文定,著有《容斋千首诗》《容斋诗余》。"《全清词·顺康卷》的介绍是:"字湘北,号容斋,安徽桐城籍,河南永城人。"①《全清词》认为李是桐城籍,河南永城人。但是查阅《道光续修桐城县志》,无论是《选举志》还是《人物志》中,都无此人。但在《光绪续修庐州府志》中有很多关于李天馥的记载。如《选举表一》中记载李天馥为顺治十四年丁酉河南榜举人②,顺治十五年戊戌进士③;《宦绩传》中直接记载:"李天馥,字湘北,合肥人。"④ 这些都说明关于李天馥的籍贯,《合肥词钞》的说法更为准确。

对一些人物的介绍,《合肥词钞》较《全清词》更为详细。如《全清词》对许孙荃的介绍是:"字友荪,又字生洲,号四山,安徽合肥人。清康熙九年(1670)进士,官翰林院侍讲,陕西提学。"⑤《合肥词钞》小传对其身份的介绍为:"字友荪,

---

① 南京大学中国语言文学系《全清词》编纂研究室编:《全清词·顺康卷》,中华书局,2002年,第7029页。
② 黄云修,林之望、汪宗沂纂:《光绪续修庐州府志》(一),载《中国地方志集成·安徽府县志辑》第3册,江苏古籍出版社、上海书店、巴蜀书社,1998年,第520页。
③ 黄云修,林之望、汪宗沂纂:《光绪续修庐州府志》(一),载《中国地方志集成·安徽府县志辑》第3册,江苏古籍出版社、上海书店、巴蜀书社,1998年,第511页。
④ 黄云修,林之望、汪宗沂纂:《光绪续修庐州府志》(一),载《中国地方志集成·安徽府县志辑》第3册,江苏古籍出版社、上海书店、巴蜀书社,1998年,第604页。
⑤ 南京大学中国语言文学系《全清词》编纂研究室编:《全清词·顺康卷》,中华书局,2002年,第8823—8824页。

又字生洲,号四山,康熙己酉举人,庚戌进士,官翰林院侍讲,陕西提学道,拔贡裔薇子。"查《光绪续修庐州府志·文苑传》可知,许孙荃之父许裔薇"善属文,尤工楷书,顺治甲午科拔贡,以养亲不仕,闭户著书,肆力于古文词,所著有《二楼诗集》"①,由此可见许氏的家学渊源。介绍作者时顺带提到其父,《合肥词钞》为读者提供了更多信息,也起到了强化乡邦文化的作用。

(二)采辑书目为很多问题的研究提供线索

《合肥词钞》在序言之后、选录作品之前,首先罗列编辑这部词集的"采辑书目",介绍每一本采辑书的书名、著作者或编者的时代、姓名、字号等。如"《画延年室词稿》,清钱塘袁起竹畦撰","《瑶华集》,清宜兴蒋景祁京少选辑"等。采辑书目共17种,可分为四类。第一类是杂记,包括《湖船录》《宸垣识略》2种。第二类是作家个人别集(诗文集或词集),包括《盘隐山樵诗集》《吟秋小草》《画延年室词稿》3种。第三类是清代通行的各种词选本,有的是专门的清词选本,有的是古今通用的词选,这一类共有9种,包括《瑶华集》《古今词选》《昭代词选》《明词综》《国朝词综》《清绮轩词选》《箧中词》《小檀栾室汇刻闺秀词》《闺秀词钞》(最后两种均为近代徐乃昌编纂,《合肥词钞》标注其年代为"清")。第四类是近代词选和丛刻,包括《二十世纪著作林丛刻》《情词》2种,

---

① 黄云修,林之望、汪宗沂纂:《光绪续修庐州府志》(二),载《中国地方志集成·安徽府县志辑》第3册,江苏古籍出版社、上海书店、巴蜀书社,1998年,第108页。

编纂者分别为近代鸳鸯蝴蝶派作家陈栩、周瘦鹃。

这份采辑书目包含很多信息，具有较高的史料价值。如采辑书目中有"《吟秋小草》，清通州女校书钱素秋撰"一条，让人感到费解。查阅《合肥词钞》中与这一条相关的词人词作，是卷四中的李敬婉之作。"李敬婉，字季琼，光绪时人，江苏补用道经邦女，美国工科大学博士、太湖赵恩廊室。"《合肥词钞》选其词作三首，第一首是《阑干万里心·光绪戊申秋，弦可亭二兄将以崇川钱素秋校书诗集付梓，嘱为题词，固辞不获，率题应命，时年十五》："秋花天使傲霜妍，百折千磨忒可怜，好句传愁付短笺。恨绵绵，嵌入春心已廿年。"第二首是《罗敷艳歌·再题崇川钱素秋校书〈吟秋小草〉》："一身漂泊江南北，恨满心头。泪满双眸，若个人儿无限愁。　　今朝遇了怜才客，两字吟秋。没世名留，便是机涛及得不。"第三首是《眼儿媚·三题〈吟秋小草〉》："钩心团泪作成诗，展卷意为痴。数行残墨，十分幽怨，一半相思。　　女儿生受聪明误，平白被愁欺。芜城恨事，鸠江梦影，同入新词。"近人周曾锦的《卧庐词话》有一条记录："合肥李季琼女史，名敬婉，可亭公子之胞妹。年十五，题诗妓钱素秋吟秋小草三阕，婉丽可诵。《眼儿媚》云：……又，《罗敷艳》云：……又，《阑干万里心》云：……素秋名绿云，钱唐人。本宦家女，嫁某氏子，后与离婚。为债家所逼，遂坠乐籍。戊申至通，余与伯茗、悼棠、峰石、澹庐，相与张之，其名大噪。而可亭适至，见其所著《吟秋草》，出资为之锓板。无何，素秋仍返沪上，后遂不复相闻，或曰已从良矣。"① 从这则记载可以看出李鸿章家族后人参与京城名流圈文化活动的情况。

采辑书目还收录了近代通俗文学鸳鸯蝴蝶派的两位宗师陈栩的《二十世纪著作林丛刻》和周瘦鹃的《情词》，说明李鸿章家族与这一文学流派中人有较为密切的来往。在《合肥词钞》所收李国模的词作中，有《浣溪沙·寄怀天虚我生钱塘陈蝶仙先生名栩》一首："翰墨湖山两结缘，颍川门第太丘贤，照人文采自翩翩。词仿乌丝工绘色，斋名黑蝶合乎仙，神交已在廿年前。"在补遗部分，《合肥词钞》还特别收入周瘦鹃所编《情词》收录的一首李天馥的词《天仙子》，并特意标注"见周瘦鹃《情词》"，能在众多词作中注意到一首小令并入选，可见他对《情词》这部词选的重视，也可见他对鸳鸯蝴蝶派作家的关注程度，这是我们研究李氏家族文化活动的一个重要线索。《合肥词钞》还收录了近代淮军著名将领张树声之子张华斗的词作，这是我们了解淮军后代子弟文化活动的生动材料。《合肥词钞》还收录不少近代合肥文人写给淮军领袖李鸿章和其他将领的一些词作，如王映薇的《满江红·赠李中丞》《满江红·赠刘军门》等，这是我们研究淮军高层与合肥文人互动的有用资料。

通过采辑书目，我们可以知道，《合肥词钞》选录的73首龚鼎孳词作，并没有选自龚氏的《定山堂集》，而是选自《瑶华集》《名家词钞》《国朝词综》等诸多选本。今人整理的《全

---

① 周曾锦：《卧庐词话》，载唐圭璋主编《词话丛编》，中华书局，2005年，第4653页。

清词·顺康卷》及《补编》《龚鼎孳全集》等，基本上是根据《定山堂集》而来的，这是《合肥词钞》与今人整理本文字有不少差异的主要原因。更为重要的是，《瑶华集》选录龚鼎孳词41首，全部被《合肥词钞》选录，文字与词作排列顺序也完全相同。《瑶华集》以词调编排词作，将不同作家的作品根据词调长短列在全书不同的地方，《合肥词钞》则将龚鼎孳的这些词作汇于一集。清初聂先、曾王孙编选的《名家词钞》选录龚鼎孳《香严词》43首，《合肥词钞》只选录了16首（另有8首与《瑶华集》重复，文字还有出入，可以判断这8首词是从《瑶华集》中选录的），这说明，李国模对《瑶华集》非常欣赏，对《名家词钞》的选录非常审慎。李天馥词的选录也有类似情况，《合肥词钞》选录其词共27首，其中13首选自《瑶华集》，是《瑶华集》选录李氏之词的全部，词的排列顺序和文字也与《瑶华集》完全相同；另有10首选自《名家词钞》（不包括与《瑶华集》重复的9首），而《名家词钞》选录李氏之词45首，前者所选之词占后者之词不到四分之一，由此可见李国模对《瑶华集》的欣赏程度。

另有清初沈时栋编选的《古今词选》也是以词调编排词作的，共选龚鼎孳词作35首，全部被选入《合肥词钞》中（其中另有10首与《瑶华集》所选词作重复），这说明李国模对这部词选也是非常重视的。这些都从一个侧面反映出清初不同词选在民国时期的接受程度，值得我们研究。

查阅清代中后期的《昭代词选》《清绮轩词选》《国朝词综》《箧中词》四部词选，收录龚鼎孳词的数量分别是0首、1首、3首、1首，收录李天馥的词作数量分别是11首、5首、4

首、1首，这些词作都被选入《合肥词钞》（大部分也是清初诸词选收录的词作）。清中叶时期，龚鼎孳受到朝廷贬抑，声望急转直下，其词作受到多数选编者的忽略或冷落；但李天馥的声誉并没有受到影响，相比之下，反而更受到选家重视。

（三）存录词人别集名称，保存词人词作

除龚鼎孳、李天馥之外，大多数合肥词人在文坛上声名无籍，他们留下的别集也很少为世人所知。《合肥词钞》中的人物小传，绝大多数都介绍了这些作者的别集，为后人研究合肥地区的文人创作提供了宝贵线索。例如《全清词》介绍许孙荃的著作："有《华岳堂集》等。"《合肥词钞》介绍其著作："著有《华岳堂》《慎墨堂》《使晋》诸集。"显然后者的著录更为全面，为后人搜集、研究这些作家的创作提供了更多方便。在《合肥词钞》介绍的37位男性作者中，著录他们的诗文集37种（其中3种附词）、词集15种、诗话1种；在介绍的15位女性作者中，著录她们的诗文集6种、词集2种、诗话1种。虽然每一别集只介绍名字，但也为后人寻找这些作家的别集提供了线索。吴熊和、严迪昌、林玫仪所著的《清词别集知见录目录汇编——见存书目》收录清代词作者两千余家，别集资料六千余条，几乎涵盖了当代我国各大图书馆的所有词集。即便如此，该书收录的合肥词人词集只有8种（龚鼎孳、李天馥、赵对澂、王尚辰、王映薇等人词集），而像沈若湉、江云龙等词人的词集则未著录。由此可见，《合肥词钞》在保存词人词集词作方面的重要价值。虽然《合肥词钞》只著录17种采辑书目，但可以推断：李国模编辑《合肥词钞》的词作来源，有很大一部分是自家收藏的前代词人和当代词人的手稿,凭着李家当时在合肥的声望,得到这些文稿应该不难。从这个角度看,《合肥词钞》保存词人词作的意义就更为重要。

《合肥词钞》还收录了后出全集或别集没有收录的词作。如龚鼎孳《南乡子·月夜》:"罗袜锦茵重,叶叶铢衣不耐风。去似彩云来似梦,匆匆。肠断回廊细雨中。　　愁倚画楼东,六曲屏山灯影红。月自徘徊花自笑,朦胧。孤负炉香彻夜浓。"后出的《全清词·顺康卷》(2002年版)及《补编》(2008年版)、《龚鼎孳全集》(2014年版)均没有收录该词,在李国模标注的几本清代通用词集中也没有找到,其出处有待进一步查阅。又如李天馥《鹧鸪天·闺情》:"宝佩云裳萼绿华,紫烟亭树太清家。啼痕欲种相思树,笑靥如迎解语花。　　酣枕蝶,倦窗纱。钗梁新锁玉蝉斜。大罗天上司春使,不是人间馆内娃。"经笔者查阅,该词录自清代乾隆时期的《昭代词选》,但后出的《全清词·顺康卷》及《补编》均未收录。这些都说明了《合肥词钞》的文献价值。

校点说明

一、本书以安徽省图书馆藏民国十九年（1930）安庆李氏慎余堂铅印本《合肥词钞》为底本并加以点校，该书在国家图书馆、南京图书馆均有收藏。

二、为方便读者阅读，本书以现代汉语简化字横排。所有简化字以《现代汉语词典》（商务出版社2016年第7版）所收为准。对"沈"（通"沉"）、"不"（通"否"）、"著"（通"着"）等通假字，仍以原字出现；对繁体字、异体字，均以现代简化字出现，而对《现代汉语词典》中没有对应简化字的繁体字，均保留繁体字形。原书中有若干避讳字，如避"玄"为"元"，避"弘"为"宏"，避"丘"为"邱"等，本书均改回原字。

三、本书中许多词人词作，如龚鼎孳、李天馥、田实发诸人词作，《全清词·顺康卷》（中华书局2002年版）、《全清词·顺康卷补编》（南京大学出版社2008年版）、《全清词·雍乾卷》（南京大学出版社2012年版）、《全清词·嘉道卷》（南京大学出版社2020年版）、《龚鼎孳全集》（人民文学出版社2014年版）等总集或别集中都有收录，部分作者的词作的文字与本书有一定差异。出现差异的原因是，这些总集或别集基本上来自作家个人全集中的词集，如龚鼎孳《定山堂诗余》、李天馥《容斋诗余》等，而《合肥词钞》的编辑来源是清代流行的各类选本，如《瑶华集》《名家词钞》等，反映了这些词在清代的流传情况，故本书对相关词作做了一定的校记工作，校记附录于该词作之后。在写校记时，上述几本书分别简称为"全顺本""全顺补本""全雍本""全嘉本""龚集本"。其中，"龚集本"所收龚鼎孳词作与"全顺本"所收词作的版本文字基本相同，但也有少数异文。本书在校记时，如果"全顺本"与"龚集本"完全相同，一般只标记"全顺本"。只有在"龚集本"与"全顺本"文字不同的情况下，本书对"龚集本"的情况再作标记。上述作者的词作当中，如果没有标识校记的，则表示"全顺本"等文字与本书没有差异。

四、《合肥词钞》原书卷首有太湖李德星所作的序、编辑者本人所列的"采辑书目"、"总目录"（列各卷作者名与人数），今依原书标出。在原书各卷卷首，标有本卷所收作者和作品数量，如第一卷卷首标有"龚鼎孳词七十三首，李天馥词二十七首，许孙荃词二首，李孚青词五首，秦篆词一首，何五云词二十七首"，由于本书在目录中已经标出各位作者词作数量，故在正文中不再标出。第四卷之后，有补遗词作5首、李国楷所作的跋，依原样标出。《合肥词钞》最后有"计数"和"勘误表"。"计数"统计各卷作者人数、词作总数、刊印书局名称，依原样标出（"计数"与实际数字稍有出入，如卷一实为135首，卷二实为192首，四卷词作总计实为690首，另有"补遗"5首，全书词作总数共695首）。"勘误表"列出文中"错别字"及所在的卷数、页书、行数、行中序位，并标出正确的字，本书在正文中已经改过，不再标出。

五、由于《合肥词钞》在卷首标注了本书词作的采辑书目，除少数作家别集之外，大多数为清代通行的词集选本，如《瑶华集》《名家词钞》《古今词选》《昭代词选》《国朝词综》《箧中词》等，合肥词人如龚鼎孳、李天馥、何五云、赵对澂等都有入选，本书在这些词作之后以"按"的方式标注每一首词被这些词选收录的情况，以显示后世对合肥词人词作的接受情况。有的词可能会被多本词选收录，本书也尽量标出。这些选本中的有些词作与本书词作有文字差异的，本书在校记中一并标出。

六、本书结尾附录部分，列出了李国楷所撰《诰授资政大夫二品顶戴山东候补道筱崖先兄行状》及本次整理点校所涉及的相关书目，以供读者参考。

七、原书中有少量明显的错别字，本书在校记中也作了注明。

八、本书作品标点和文字校勘，难免有错误和不妥之处，请各位专家和读者予以指正。

合肥词钞

合肥词钞序

词为诗余,又曰倚声。倚声者何,必兼协四声;若谱入歌喉,又必协宫商角徵羽五声,始自然合拍。故世有能诗不能词者,未有能词而不能诗者也。虽然,能词矣,非具有芬芳悱恻之性情,复以天机清妙出之,则不能工。苏学士大江东去之莽苍,以视柳郎中之晓风残月,其引人入胜抑又不同。昔袁简斋谓蒋心余诗人非词人,职是故耳。平梁李君筱崖,风雅士也,少从予游,始学试帖,苦其拘继,乃泛览唐宋明清诸大家诗集,间为近体,摅写幽情,辄多佳构。迩来喜为倚声,复虑见闻有限,乃搜辑肥邑诸先达名宿,自龚尚书、李文定而下,所有词藻编辑成书,厘为四卷,而以其尊人丹崖太史暨己作附之,并采竹林巾帼之佳者,思持以问世,索序于予。予于此道未经研究,何敢妄赞一辞。第以筱崖嗜曲之苦心,无以应之,又孤其请,爰书数语俾弁简端,或亦陶公对琴、苏子观棋之寓意也,复诸作者以为何如。岁次庚午暮春,下浣通家、年友生太湖李德星景卿拜撰。

采辑书目

《宸垣识略》,清仁和吴长元太初撰。

《湖船录》,清钱塘厉鹗太鸿撰。

《盘隐山樵诗集》,清邑人李孚青丹壑撰。

《吟秋小草》,清通州女校书钱素秋撰。

《画延年室词稿》,清钱塘袁起竹畦撰。

《名家词钞》,清庐陵聂先、晋人长水曾道扶王孙同选辑。

《瑶华集》,清宜兴蒋景祁京少选辑。

《古今词选》,清吴江沈时栋焦音选辑。

《昭代词选》,清吴县蒋重光子宣选辑。

《明词综》,清青浦王昶述庵选辑。

《国朝词综》,清青浦王昶述庵选辑。

《清绮轩词选》,清华亭夏秉衡谷香选辑。

《箧中词》,清仁和谭献仲修选辑。

《小檀栾室汇刻闺秀词》,清南陵徐乃昌积余选辑。

《闺秀词钞》,清南陵徐乃昌积余选辑。

《二十世纪著作林丛刻》,清钱塘陈栩蝶仙辑刊。

《情词》,民国吴县周瘦鹃选辑。

合肥词钞总目录
邑人李国模筱崖选辑

卷之一,龚鼎孳、李天馥、许孙荃、李孚青、秦篆、何五云。

卷之二,田实发、李廷辉、沈若淮、吴克俊、赵对澂、张丙、陈云章、徐子苓、徐汉苍。

卷之三,赵彦伦、王映薇、赵锡璜、阚凤楼、王尚辰、王德名、李经世、李经达、江云龙。

卷之四,张华斗、王懋宽、王天培、李靖国、杨开森、李经筵、张世铉、李国模、李国楷、李国桂、李家孚、李家煌、李家炜、张娴婧、许燕珍、阚寿坤、周桂清、吴翠云、李淑琴、李道清、彭淑士、陈秉淑、吴琼华、李敬婉、陈秀珠、孔茜霞、李家懿、李家恒。

卷一

龚鼎孳,字孝升,明崇祯癸酉举人,甲戌进士,官兵科给事中。仕清,历官刑、兵、礼三部尚书,谥端毅。著有《三十二芙蓉斋》《定山堂》《过岭》等集、《香严词》。

长相思·和其年赠杨枝

倒芳卮,诉芳卮。纵不相怜也莫辞,欢多那易离。　恼杨枝,惜杨枝。对此青青我鬓丝,腰肢问小时。

按:见《瑶华集》。

点绛唇·咏草,用和靖韵[一]

帘外河桥,绿围裙带无人主。绣鞯行处,踏碎梨花雨。目送春山,南浦烟光暮。牵春去,柔肠无数,苏小门前路。

校记:[一]用和靖韵,全顺本、《名家词钞》作"追和林和靖";《国朝词综》作"用林和靖韵"。

按:见《名家词钞》《古今词选》《国朝词综》《箧中词》。

采桑子·湖楼坐月[一]

一湖风漾当楼月,凉满人间,我与青山,冷澹相看不等闲。　　藕花社榜疏狂约,绿酒朱颜,放进婵娟,今夜纱窗可忍关?

校记:〔一〕采桑子·湖楼坐月,全顺本作"罗敷媚",后无"湖楼坐月"四字,并有序云:"五月十四夜,湖风酣畅,月明如洗,繁星尽敛,天水一碧,偕善持君系艇于寓楼下,剥菱煮芡,小饮达曙。人声既绝,楼台灯火,周视悄然,惟四山苍翠,时时滴入杯底。千百年西湖,今夕始独为吾有,徘徊顾恋,不谓人世也。酒语清恬,因口占四调以纪其事。子瞻云:'何夜无月,但少闲人如吾两人。'予则谓:'何地无闲人,无事寻事如吾两人者,未易多得耳。'"

按:见《瑶华集》。

采桑子·席上有赠〔一〕

其一

空阶璧月团珠露,分外玲珑,人是春风,吹得银釭一片红。　　水晶帘下深深见,略要朦胧,万事飘蓬,收拾繁弦急管中。

校记:〔一〕采桑子·席上有赠,全顺本作"罗敷媚·戏和友人席上有赠"。

按:见《瑶华集》。

其二

何来一串真珠滑〔一〕,轻燕穿梭,点〔二〕点清波,只在腰身转处多。　　柘枝画鼓沉檀拍,闹了银蛾,生受眉窝〔三〕,瘦到弓鞋窄窄罗。

校记：〔一〕滑，全顺本作"□"，龚集本作"滑"。〔二〕点，全顺本作"□"，龚集本作"点"。〔三〕窝，全顺本作"窠"。

按：见《瑶华集》。

其三〔一〕

樽前十日相逢九，一夕分携，人隔桥西，花不分明月又低。　　偏生玉漏残宵永，哑杀鸣鸡，嘱付深栖，锦烛浓香索性啼。

校记：〔一〕全顺本作"无题"。
按：见《瑶华集》。

其四〔一〕

相看百日晨连夕〔二〕，只似初逢，何处罡风，吹落秾花艳月中。　　两行筝笛千场酒，天放山翁〔三〕，愁杀秋鸿，送到云山一万重。

校记：〔一〕全顺本作"无题"。〔二〕相看百日晨连夕，全顺本作"青菱看熟红蕖面"。〔三〕天放山翁，全顺本作"去日匆匆"。
按：见《瑶华集》。

采桑子·赠徐木千

韦曲城南天尺五，花〔一〕底春星，玉笛微停，唱到销魂不忍听。　　并肩一刻浓香坐，消受亭亭，分付流萤〔二〕，莫遣银灯近画屏。

校记：〔一〕花，全顺本作"帘"。〔二〕分付流萤，全顺本作"花雾濛冥"。

按：见《瑶华集》。

罗敷媚·西陵吊苏小小

油车宝马春风路，天付多情，小是花名，占住西陵柳絮城。　　幽兰泣露吹罗带，月与身轻，芳草还生，薄幸斜阳看唤卿。

按：见《名家词钞》《古今词选》。

菩萨蛮·代友人惜别

子规叫破山花血，银屏香瘦兰衾热。芳草约裙齐，浓愁妒马蹄。　　前溪从此渡，记取栖乌树。今夕定何年，人分月恰圆。

按：见《古今词选》。

阮郎归·春去，用史邦卿韵

垂杨醉软紫丝鞭，隔桥芳草烟。送春泪洒落红边，莺愁五十弦。　　双鬓事，两湖缘，东风又一年。当歌莫奏断肠篇，而今怕可怜。

按：见《古今词选》。

画堂春·代友人赠所欢

玉芙蓉剪柳丝眉，花因解语头低。阑干约略小腰围，不为春归。　　睡重恼开鸾镜,灯昏揉碎乌丝。浅瞋深妒任娇痴,毕竟怜伊。

按:见《名家词钞》《古今词选》。

眼儿媚·邸怀

桐洗窗纱叶坠〔一〕秋,翻动一春愁。玉鞭酒市,醒来斜月,醉里朱〔二〕楼。　　柔肠憔悴无人见,见即恐花羞。试抛脑后,陡来衾底,又嵌心头。

校记:〔一〕坠,全顺本作"吟"。〔二〕朱,《古今词选》作"珠"。

按:见《名家词钞》《古今词选》。

西江月·广陵寄忆,用史邦卿闺思韵

别怨暗移青镜,春愁倦听红牙。扬州灯火绛楼纱,不似石头城下。　　伴我邮亭孤月,负他寒食梨花。没来由事误天涯,玉笛当风此夜。

按:见《名家词钞》《古今词选》。

西江月·春日湖上〔一〕

晴日花边箫鼓,春阴〔二〕画里楼台。鸥夷〔三〕烟桨碧天开,不记鸣笳绝塞。　　岁月频消浊酒,风波不到苍苔。小苏罗带柳卿才,喜与青山同在。

校记:〔一〕春日湖上,全顺本作"春日湖上,用秋岳韵"。〔二〕阴,全顺本、《古今词选》作"人"。〔三〕夷,龚集本作"彝"。

按：见《古今词选》。

西江月·为陈郎新婚

十里春风人面，二分明月扬州。玉箫吹彻小红楼，拭汗粉巾香透。　　锦瑟年华相倚，青骢油壁同游。芙蓉初日照楼头，莲子从今得耦[一]。

校记：〔一〕耦，全顺本作"藕"。
按：见《古今词选》。

西江月·渡江[一]

箭打乱潮柔橹，鸦翻古渡青旗。春江玉雪鉴须眉，俊眼相看似此。　　长剑锦骢香梦，宝钗钿瑟男儿。人言无泪洒离时，不称英雄泪耳。

校记：〔一〕渡江，全顺本、《名家词钞》作"渡江作"。
按：见《瑶华集》《名家词钞》。

浪淘沙·春夜同秋岳小饮

银烛照柔心，欲醉还禁。珊瑚钩小挂春阴。偎暖多情帘外月，玉漏宵沈。　　鸦语带宫音，柳色摇金。沈郎销瘦旧时吟。孤负荼蘼真薄幸，瞥眼花深。

按：见《古今词选》。

南乡子·感怀，和雪堂先生韵[一]

槐影落宫墙，宝瑟瑶笙恨杳茫。负了多情帘外燕，昭阳。

不见临春镜里妆。　　月地问玄〔二〕霜，辽〔三〕后台边钿粉荒。玉漏不知金井换，悲凉。只记长门一样长。

校记：〔一〕"感怀，和雪堂先生韵"，全顺本为"和雪堂先生韵感怀"的第二首，标"其二"。〔二〕玄，全顺本作"元"，龚集本作"玄"。〔三〕辽，全顺本作"萧"。

按：见《古今词选》。

南乡子·月夜

罗袜锦茵重，叶叶铢衣不耐风。去似彩云来似梦，匆匆。肠断回廊细雨中。　　愁倚画楼东，六曲屏山灯影红。月自徘徊花自笑，朦胧。孤负炉香彻夜浓。

校记：全顺本、全顺补本、龚集本均未收录本词。

按：本词出处待考。

鹊桥仙·楼晤〔一〕

红笺记注，香縻匀染，生受绿蛾初画。挑琴擘阮太多能，自写影、养花风下。　　月低金管，带飘珠席，两好心情难罢。芳时不惯是乌啼，愿一世、小年为夜。

校记：〔一〕楼晤，全顺本、《名家词钞》、《古今词选》作"楼晤，用向芗林七夕韵"。

按：见《瑶华集》《名家词钞》《古今词选》。

小重山·重至金陵

长板桥头碧浪柔。几年江表梦、恰同游。双兰又放小帘钩。流莺熟，嗔唤一低头。　　花落后庭秋。蒋陵烟树下、有人愁。玉箫凭倚剩风流。乌衣燕，飞入旧红楼。

按：见《瑶华集》《古今词选》。

踏莎行·送春〔一〕

乱绿迷烟，残英坠雨，东风不肯留春住。问春尚未到天涯，玉骢只索花边去。　　罗袜凝春〔二〕，红茵沾絮，春归料是春来处。黄鹂强要诉花愁，夕阳催上相思树。

校记：〔一〕送春，全顺本作"又送春，用刘伯温韵"。〔二〕春，全顺本作"香"。

按：见《瑶华集》。

临江仙·偕内人湖舫送春〔一〕

谁遣封姨吹画楫，晴湖蹴作涛声。浅〔二〕寒罗袖最分明。催花落尽，此别太生生。　　薄福东君应有〔三〕悔，一春云幔风旌。双蛾小皱縠纹平。夕阳无赖，不管钿钗横。

校记：〔一〕偕内人湖舫送春，全顺本作"同善持君湖舫送春，用欧阳永叔夏景韵"，《名家词钞》作"同内人湖舫送春，用欧阳永叔韵"。〔二〕浅，全顺本、《名家词钞》作"轻"。〔三〕有，全顺本、《名家词钞》作"自"。

按：见《名家词钞》。

临江仙·除夕狱中寄忆

不记今为何夕，隔墙钟鼓催春。逗风花草太无因。笼香深病色，罢酒得愁身。　　料是红闱初掩，清眸不耐罗巾。长斋甘伴鹩鹣贫。忍将双鬓事，轻报可怜人。

按：见《名家词钞》。

临江仙·感怀，和雪堂先生韵〔一〕

一阵催花风似箭，小楼昨夜还曾。独撚衣带暗香凝。此生惟恨恨，谁解惺惺惺。　　楚水吴山浑是梦，羡他行脚孤僧。仲宣高处不须登。断魂千古月，龛泪十年灯。

校记：〔一〕"感怀，和雪堂先生韵"，全顺本作"和雪堂先生韵感怀"。

按：见《古今词选》。

苏幕遮·同内人湖舫送春〔一〕，用范希文韵

粉香城，歌舞地。明月今宵，偏照双峰翠。一夜碧蟾凉似水。为送春归，特到红窗外。　　五更愁，千叠思。对月端详，不许垂杨睡。珠箔檀肩长共倚。断鼓零箫，进入留春泪。

校记：〔一〕同内人湖舫送春，全顺本作"同善持君湖舫送春"。
按：见《名家词钞》。

青玉案·虎丘〔一〕

金阊个是迷香路，又月底、移船去。风定石坪笙管度。吴王虹剑，贞娘珠粉，儿女英雄处。　　草痕短薄荒祠暮，入望寒山夜钟句。自负多情天应许。要离年〔二〕往，馆娃人去，一阵

催花雨。

校记：〔一〕虎丘，全顺本、《名家词钞》作"虎丘踏月，用贺方回暮春韵"。〔二〕年，全顺本作"事"。

按：见《名家词钞》《清绮轩词选》。

祝英台近·闻暂寓清江浦，用辛韵〔一〕

绿烟横，兰桨渡。金犊偃淮浦。细草春寒，过尽断肠雨。望中雀扇云衣，温存无据。枕边心、关山留住。　　莫轻觑，柳外无尽长亭，朝朝背人数。河上双鱼，听否咒花语。更愁香梦来寻，重添离处。却也遣、病魔随去。

校记：〔一〕用辛韵，全顺本作"用辛稼轩春晚韵"。
按：见《名家词钞》《古今词选》。

鹤冲天·题莼鲛小像，和葆盼原韵

西江晚渚，月白天青处。咏史记曾听，袁闳句。羡才华绣虎，却待诏、金门住。退朝鹓鹭侣。黄绢新词，题遍楚兰吴苎。　　潘年未暮，肯放投竿去。禄米比侏儒，犹堪煮。染汉南柳色，有一片、龙池雨。烟波余久许。尺幅霜绡，惹起鉴湖千绪。

按：见《瑶华集》。

玉人歌·本意〔一〕

花月事。忆东风楼角，落红满地。玉箫金管，记取多情末。一团香雪漫天坠,做弄勾魂意。恨年时,小别青山,暂游万里。　　婀娜谁家子。向五陵年少,傲他车骑。水剪秋眸,生就荷〔二〕花死。明灯今夜垂芳穗,人坐浓春里。藉三眠、绾髻半抛还倚。

校记:〔一〕本意,全顺本作"再和其年韵同前"。〔二〕荷,全顺本作"和"。

按:见《瑶华集》。

满江红·为孙秋我新纳姬人催妆和韵

粉井香天,算惟许、何郎窃近。翠亭亭、菱铜斜倚,扑堆可憎。玳瑁筲排花仗拥,鸳鸯牒押红泥衬。靠雕栏、活现海棠丝,东风幸。　　遮不稳,将灯倩。兜不起,羞人问。乍流苏嬉子,双吹檀晕。犀帖燕冲兰梦小,银瓶麝裹薇浆嫩。笑玉人、几许未销魂,从今定。

按:见《古今词选》。

满江红·拜岳鄂王墓,敬和原韵

铁骑春寒,英雄恨、何时始歇。对万古、日飞潮射,抗忠比烈。玉剑气横南渡水,灵旗夜卷朱仙月。念青衣、行酒〔一〕是何人,关情切。　　金牌愤,风波歇〔二〕。社稷事,东窗灭。叹一堆黄土,河山顿缺。五国冰长封马鬣〔三〕,九天雨又吹龙血。忆当年、壮发怒云高,摇双阙。

校记:〔一〕行酒,全顺本作"氆帐"。〔二〕歇,全顺本作"雪"。

〔三〕鬣,全顺本作"角"。

按:见《瑶华集》。

满庭芳·家弟宴集〔一〕

明月故乡,白头兄弟,欢场又是离筵。黄花紫蟹,风物自年年。四壁图书潇洒,那更说、问舍求田。坐中客,连车结驷,千里诵豪贤。　　吾衰今已甚,芳樽翠袖,牵率周旋。算侯封相印,不换新〔二〕篇。让汝青云事业,乌衣巷、簪笏盈前。还相约,五湖烟水,妻子鹿门仙。

校记:〔一〕家弟宴集,全顺本作"季弟孝积生辰宴集"。〔二〕新,全顺本作"诗"。

按:见《瑶华集》。

满庭芳·韦公祠西府海棠繁艳甲于京师,不减慈恩牡丹也。三月十八日社集其下,感幸系之〔一〕

红玉笼云,胭脂侵雪,两行撷艳惊奇。乳莺声里,香雨一庭滋。绣带留仙小立。绛霞畔、飘送琼玑。消魂处、如嗔欲笑,狂眼任纷披。　　珠钿芳草路,凭空十载,抛撇幽姿。那堪过天宝,再趁花期。落月〔二〕华清似梦,幺弦〔三〕冷、妃子容衰。无情甚,东风卖眼,看杀烂柯棋。

校记:〔一〕"韦公祠西府海棠繁艳甲于京师,不减慈恩牡丹也。三月十八日社集其下,感幸系之",全顺本作"韦公祠西府海棠数本,繁艳甲于京师,春时朝士宴赏,不减慈恩牡丹也。沧桑既变,而此花不改。三月十八日与诸子社集其下,感幸系之"。〔二〕月,全顺本作"日"。〔三〕幺弦,全顺本作"弦索"。

按：见《瑶华集》。

满庭芳·雨中花叹〔一〕

绿剪裙腰,红消〔二〕眉韵〔三〕,恰听莺转空阶。海棠愁重,罗幄暂徘徊。那更帘钩烛午,消魂雨、陡地惊催〔四〕。无聊甚,年年花语,多半怨春来。　　长生私誓后,当风羯鼓,燕恼蜂猜。问亭亭香影,扫尽还开。竟似离云万叠,南浦约、经岁才回。殷勤嘱,朱楼意懒,无力踏青苔。

校记：〔一〕雨中花叹,全顺本作"雨中花叹,和吴修蟾韵"。〔二〕消,全顺本作"销"。〔三〕韵,全顺本作"晕"。〔四〕催,全顺本作"摧"。

按：见《瑶华集》。

满庭芳·遗闺人新茗〔一〕

箬叶云笼,银瓶风嫩,旅客魂断乡关。个侬情重,千里历风烟。忆得春江谷雨,蘼芜路、早隔仙凡。今何夕,轻尝慢啜,红药正斓斑。　　佳人应倦绣,青灯小阁,缃轴初翻。要亲扶香影,吹上眉山。恰值珠帘半卷,芳磁〔二〕送、幽韵无边。重携手,栏花莫睡,明月晚窗〔三〕前。

校记：〔一〕遗闺人新茗,全顺本作"从友人处分得新茗少许,以遗闺人,用山谷韵";《古今词选》作"从友人处分得新茗少许,以遗闺子,用山谷韵"。〔二〕磁,全顺本作"瓷",龚集本作"磁"。〔三〕窗,全顺本作"妆"。

按：见《瑶华集》《古今词选》。

水调歌头·述怀,用苏东坡中秋韵

小住为佳耳,万事总由天。乞天判与沈醉,断送奈何年。往日宝刀横吹,入夜青灯疏雨,鬓发暮云寒。吾老是乡矣,双袖百花前〔一〕。　　倦司马,穷阮籍,只高眠。宿醒刚醒,又问明月可曾圆。长策琼台采药,小隐于陵织屦,雅操仗君全。放眼凭栏久,风露正娟娟。

校记:〔一〕"前",全顺本作"闲"。
按:见《古今词选》。

醉蓬莱·为仲弟孝绪寿〔一〕

快花前樽满,十里笙箫,画船来去。追数流光,叹年年征旅。雁塞蛟宫,越旗江火,隔对床风雨。乱后重逢,篝灯如梦,客怀难语。　　散骑身强,士龙名重,天海行藏,肯同绕絮。舞槊征歌,笑绛樊〔二〕何处。去国雄姿,凭高青眼,渐斗横银浦。白首相看,丹霄过我,更拈吟句。

校记:〔一〕为仲弟孝绪寿,全顺本、《名家词钞》作"为仲弟孝绪寿,用叶少蕴上巳韵"。〔二〕樊,全顺本作"礬"("矾"的繁体字)。
按:见《瑶华集》《名家词钞》。

锁窗寒·闻子规〔一〕

幔卷红楼,兰釭写影,玉蟾窥户。枝头一派,送到落花风雨。对青山、泪珠暗抛,断魂说向天涯语。为个人憔悴,丝丝蓬鬓，十年羁〔二〕旅。　　春暮。牵衣处。有柳外鹏双，桑间马五。湖光潋滟，供奉莺俦鸳侣。忆故园、寒食清明，紫骝碧草依旧否。怕人归、满眼斜阳，画角围芳俎。

校记：〔一〕闻子规，全顺本作"闻子规，用周美成寒食韵"。〔二〕羁，全顺本作"军"。
按：见《瑶华集》。

高阳台·和秀公为张维则催妆

桂粉堆〔一〕床，银泥衬履，芙蓉一笑偏亲。黛写遥山，多情京兆知名。花如百和星前语，便倚风、天上难闻。好妆成，夫婿前头，莫问旁人。　　当年鹊渡天孙。正九微画烛，双袖宫云。艳事谁家，重看宝络〔二〕装轮。曲江柳线章台月，锦步围、肯负青春。愿金闺、长记盟言，紧系罗裙。

校记：〔一〕堆，全顺本作"弹"。〔二〕络，全顺本作"珞"。
按：见《古今词选》。

念奴娇·和雪堂先生感春〔一〕

凭阑无赖，受东风冷暖，瞒人情绪。一夕梅魂芳雾散，把酒频浇黄土。露浥金铃，烟笼粉幔，似听酴醾语。啼鹃初瘦，月高谁作花主。　　分付弱柳千条，小阑干外，替两眉辛苦。薄酒〔二〕浓香帘幕卷，又是流莺梳羽。玉管横吹，霞绡痴写，怕到酸心处。五陵〔三〕亭馆，当年何限歌舞。

校记：〔一〕和雪堂先生感春，《名家词钞》作"感春，和雪堂先生"。〔二〕酒，全顺本作"醉"。〔三〕陵，全顺本作"侯"。

按：见《名家词钞》《古今词选》。

念奴娇[一]·和吴修蟾雨中春恨

薄寒吹酒，中春愁、两点珊钩眉合。楼外浓阴飘远岫，遮断芙蓉屏脚。玉雁风低，金猊枕瘦，放下丁香幕。为花长叹，烟林一片空廓。　　眼见飞絮游丝，殷勤相傍，软到秋千索。争怅佳时容易度，谁信恹恹芳阁。梦浅无痕，怜深似病，雪打梨云恶。关情如许，莫教燕子偷觉。

校记：〔一〕念奴娇，全顺本作"百字令"。
按：见《古今词选》。

念奴娇·和寄秋我

流烟回雪，睨晴波、一揖兰桡春色。双好天然，都道是，公瑾小乔无别。故苑[一]楼台，江南细粉，往事成悲咽。银灯芳醋，半窗梅蕊初折。　　最恨乍见还离，踏歌携手，袍袖霜犹热。料得空山风雨夕，绣出愁香千结。客住三峰，云来五朵，恰值花时节。梦中吹送，舞风杨柳残月。

校记：〔一〕苑，全顺本作"国"。
按：见《古今词选》。

念奴娇[一]·雨夜再送青藜，叠纬云除夕韵

疏灯细雨，正客心萧瑟，秋行半矣。青眼高歌人乍别，谁向欢场夺帜。六代江山，五陵衣马，去住今宵里。更阑酒醒，

风帆愁见初起。　　扬袂司马游梁，终军使越，寂寂聊为此。一片郁孤台上月，直接石头潮水。楼橹丹阳，莼羹笠泽，乱搅寒衾寐。朔云回首，棋枰翻尽朝市。

校记：〔一〕念奴娇，全顺本作"百字令"。
按：见《瑶华集》。

念奴娇·花下小饮，时方上书有所论列〔一〕

画眉余兴，哂王章闺阁，都无英物。北阙浮云遮望眼，谁作中流铁壁。剪豹天关，搏鲸地轴，只字飞霜雪。焚膏相助，壮哉儿女人杰。　　投袂太息花前，仰天长啸〔二〕，正酒狂初发。赤日金鳞霄汉转，坐见岳摇氛灭。一叶身轻，千峰约在，幸少星星发。与君沉醉，玉台斜过佳月。

校记：〔一〕"花下小饮，时方上书有所论列"，全顺本作"花下小饮，时方上书有所论列，八月二十五日也。用东坡赤壁韵"。〔二〕啸，全顺本作"笑"。
按：见《瑶华集》。

念奴娇·中秋和其年〔一〕

霜新叶老，乍天街、涌出婵娟孤月。乌鹊绕枝栖不定，万里关山一发。荡妇罗帏，征人铁骑，捣练声偏切。瑶阶露冷，流萤纨扇飞歇。　　恰遇挥尘雄才，吹笙小史，暂遣烦愁〔二〕豁。城角射雕沙阵阵，催到临渝早雪。金粟含香，银蟾爱影，玉斧休轻折。百年此夜，相逢不醉痴绝。

校记：〔一〕中秋和其年，全顺本作"中秋和其年韵"。〔二〕愁，全顺本作"忧"。

按：见《瑶华集》。

东风第一枝·楼晤，用史邦卿韵

凤络霞绒，莲铺金索，横桥檀雾吹暖。玉奁半懒春妆，一笑上楼人浅。朱衾画幔，紧围定、梦憨心软。自题名、年少多情，不及杏梁朝燕。　　云母阁、主司青眼。团扇第、书生觌面。醉扶璧月飞琼，锁合柳乌小苑。珊瑚联枕，楚雨径、神峰如线。爱紫兰，报放双头，恰好阮郎初见。

按：见《名家词钞》《古今词选》。

东风第一枝·暮秋同秋岳〔一〕

凤琯排烟，鹅笙沸月，岁华初到街鼓。柳丝约定欢期，花信吹开恨处。今宵酒盏，又勾引、蝶翻蜂聚。近小窗、红雨生生，吹〔二〕作一帘芳雾。　　飞艳缕、紫绒偷度。挑锦字、玉鳞旧侣。远山千叠销魂，画屏一联绣句。东风力软，便逗起、春愁无数〔三〕。趁踏青、好赋闲情〔四〕，莫遣少年空去。

校记：〔一〕暮秋同秋岳，全顺本、《名家词钞》、《古今词选》、《国朝词综》作"春夜同秋岳作"。〔二〕吹，全顺本、《名家词钞》、《古今词选》作"做"。〔三〕"东风力软，便逗起、春愁无数"，全顺本、《名家词钞》、《古今词选》作"旗亭蕊榜，讶批抹、双鬟何据"。〔四〕"趁踏青、好赋闲情"，全顺本、《名家词钞》、《古今词选》作"趁好春、安顿心情"。

按：见《名家词钞》《古今词选》《国朝词综》《箧中词》。

万年欢·癸未春作〔一〕

一笑东风。喜寒梅尚繁,香散瑶雪。携手花前,重见杯酒豪发。铁石消磨未尽,算只有、风情痴绝。生抛撇、瘴戟蛮装,更央珊枕埋骨。　　而今虎须怒歇,料天荒地老,比翼难别。络粉调笙,还让引裾人物。尽取头厅重印,肯换却、纤纤霞袜。甘心署、锦队钳奴,五湖编管烟月。

校记:〔一〕癸未春作,全顺本作"春初系释,用史邦卿春思韵";《名家词钞》《古今词选》作"春初系释,用史邦卿韵"。

按:见《瑶华集》《名家词钞》《古今词选》。

木兰花慢·和雪堂先生感怀

镜中肠断绝,愁万种,不分明。正柳忆乌啼,云迷马角,惆怅前生。东风恰吹恨到,又酸酸楚楚两眉横。怪底檐花如雨,杜鹃长是吞声。　　昭阳粉黛记将迎,翠袖五铢轻。忽凄管催霜,繁筯沸月,好梦难成。休言画工妆点,便浅啼微笑也心惊。惭愧红尘断梗,负他碧涧香羹。

按:见《名家词钞》《古今词选》。

玉烛新·上元狱中寄忆

天阶风定后。想画鼓云繁,绛龙星就。虎城豹柝,轻烟外、逗出铜龙春漏。侯家锦毬,醉不了、珠场花候。谁信道、青鬓孤臣,今宵雪霜盈袖。　　依稀烛下屏前,有翠靥绡衣,月明安否。小眉应斗。恨咫尺，不见背灯人瘦。香柔粉秀。猛伴得、英雄搔首。千古意、惟[一]许冰丝，平原对绣。

校记：〔一〕惟，全顺本作"谁"。
按：见《瑶华集》。

水龙吟·为内弟寿[一]

绣弧悬在当门，石麟锦灿徐郎手。丹山跃彩，天闲[二]驰骏，驷间增旧。叔宝神清，终军年妙，名场推首。羡朱缨五[三]珥，龙文虎脊，青云器，人能否。　　满目烽横刁斗。眺中原、难眠清昼。男儿事业，红旗黄纸，绝尘而走。简点秋萤，读书弹剑，且停花酒。愿时平一老，婆娑涧石，更为君寿。

校记：〔一〕为内弟寿，全顺本作"为介玉寿，用辛稼轩韵"。〔二〕闲，全顺本作"间"。〔三〕五，全顺本作"玉"。
按：见《瑶华集》。

石州慢·感春

香阁春添，庭院昼长，花雨飘洒。清明时候，轻寒小热，暗愁盈把。呢喃燕子，却憎画栋，凋零乌衣，闲恨犹牵惹。拍碎玉阑干，尽黄鹂描写。　　游冶。禁烟吹散，宝瑟风前，金觥[一]花下。何似一灯寒食，柴门初打。楼头柳色，望里青断天涯。絮飞还殢王孙马。解道莫愁谁，只长干人也。

校记：〔一〕金觥，全顺本作"紫骝"。
按：见《瑶华集》。

望海潮·过钱武肃王祠，用秋岳韵〔一〕

银涛喧鼓，铜牙批軱，雄开王气之先。虎步凤峦，鹰扬虁国，登时拥上凌烟。冠剑锦山传。有金符玉册，踵武英贤。吴越高门，尉佗〔二〕台接鹧鸪前。　　千秋舞榭歌筵。赖麾江指海，勇敌秦鞭。余耳韩彭，纷纷灰烬，曾闻伟伐岿然。风景逐时迁。顿罢潮息浙，艮岳输燕。公等无知，空言南渡是何年。

校记：〔一〕用秋岳韵，全顺本作"用秋岳坐黄鹤楼吊孙吴韵"。〔二〕佗，全顺本作"陀"。
按：见《瑶华集》。

望海潮·感春

江山如此，年华依旧，分明又度春宵。银鸭吐香，莲铜滴月，朱栏瘦拂长条。闲倚玉屏腰。见鬟云送懒，罗袜藏娇。怕被花窥，一天风露近蓝桥。　　幽情惯是无聊。记青绫宠爱，红砑丰标。隋苑莺残，吴宫月〔一〕冷，苍茫昨日今朝。清梦转迢迢。望碧天草色，烟雨凄遥。无计留春，泪丝偷印美人蕉。

校记：〔一〕月，全顺本作"叶"。
按：见《古今词选》。

薄幸·秋岳将以病去湖上，留饮寓斋，命制一词，即用其韵〔一〕

碧帘风绾。度早燕，花桥月栈。喜赛酒、歌楼人在，共试锦灯春眼。倚晓栏、消⁽²⁾瘦腰围，晴湖十里空丝管。恨凤佩星遥，琼⁽³⁾筝屏隔，不耐啼莺冷暖。　　看麝粉、经行处，调马路、绮罗飘散。待青回双鬟⁽⁴⁾，香添半臂，片帆吹送吴趋缓。聚稀欢短。劝烟篷⁽⁵⁾、彩缆多情，莫负金樽满。江头鼓角，恼乱秦台楚馆。

校记：〔一〕"命制一词，即用其韵"，全顺本作"命制此词，即用其题壁旧韵"。〔二〕消，《国朝词综》作"销"。〔三〕琼，全顺本作"玫"。〔四〕鬟，全顺本、《国朝词综》作"鬓"。〔五〕篷，全顺本作"笻"。

按：见《名家词钞》《国朝词综》《箧中词》。

风流子·社集天庆寺送春，和舒章韵

柔丝牵不住，眉尖小、一蹙又斜阳。问红雨洒愁，几番离别，绿蘋漾恨，何代苍茫。子规说、麝迷青冢月，珠堕马嵬妆。苔卧锦钱，横抛芳影，燕冲帘蒜，偷觑柔肠。　　前欢真如梦，流莺懒、风日枉媚银塘。担阁背花心性，泪不成行。叹楼空杜牧，浓阴乍满，人分结绮，落粉犹香。拈合一春滋味，弹出伊凉。

按：见《名家词钞》《古今词选》。

过秦楼·送春⁽¹⁾，用吴修蟾饯春韵

绿幛逢愁，红泥埋恨，尽是东风花草。晴翻麦雉，雨闹桑鸠，谁记画楼莺晓。当日株移永丰，三楚腰肢，入宫纤小。到如今、香雪飘零何处，玉骢稀少。　　看不上、明月无情，凤

箫金管,冷飐黄昏新恼。胭脂井畔,燕子楼头,一片粉灰珠扫。青帝抛人几时,潘鬓沈围,年年空老。尚痴心、春在平芜,央取乳峰遮绕。

校记:〔一〕过秦楼·送春,全顺本、《名家词钞》作"惜余春慢·追春",《古今词选》作"过秦楼·追春"。

按:见《名家词钞》《古今词选》。

沁园春·读其年《乌丝词》,次宋荔裳、王西樵、曹顾庵韵〔一〕

烟月江东,文采风流,旷代遇之。恰临春琼树,家称叔宝,黄初金枕,人是陈思。如此才名,坐君床上,我拜低头竟不辞。多情甚,倩花间锦笔,描画崔徽。　　餐霞吐玉霏霏,任拍遍阑干绝调稀。更雨铃风笛,伤心绮丽,云鬟雾鬣,过眼权奇。帘阁香浓,市楼酒罢,错落明珠万斛飞。须记取,有曲江红袖,围绕留题。

校记:〔一〕"读其年《乌丝词》,次宋荔裳、王西樵、曹顾庵韵",全顺本、《古今词选》作"读《乌丝集》,次曹顾庵、王西樵、阮亭韵"。

按:见《古今词选》。

沁园春·赠柳敬亭〔一〕

骠骑将军,异姓诸侯,功名壮哉。乍南楼传箭,大航凤鹤;中流摇橹,溢浦蒿莱。片语回嗔,千金逃责〔二〕,遮客长刀玩弄来。堪怜处,有恩门一涕,青史难埋。　　偶然座上詼谐〔三〕,博黄绢新词七步才。似筹兵北府,碧油晨启,把棋东阁,屣齿宵陪〔四〕。春水方生,吾当速去,老子遨游颇见哀。相携手,尽山川六代,箫鼓千杯。

校记:〔一〕赠柳敬亭,全顺本作"和曹实庵舍人赠柳叟敬亭次韵",《古今词选》作"再赠柳敬亭,序见贺新郎阕中"。《古今词选》标注该词作者为曹贞吉,有误。〔二〕责,全顺本、《古今词选》作"赏"。〔三〕诙谐,全顺本、《古今词选》作"嘲诙"。〔四〕屣齿宵陪,全顺本下有小字注"前半为左宁南,此纪范文贞、何文端公事"。

按:见《瑶华集》《古今词选》。

沁园春·题其年《乌丝词》〔一〕

其一

彼美何其,绣口檀心,婉娈清扬。怪须髯如戟,偏成妩媚;文章似海,转益苍〔二〕茫。玳瑁为梁〔三〕,珊瑚作架,十五城偿价未昂。朱弦发,听短歌日短,长恨情长。　　无端雪涕欢场,尽潦倒荒迷事不妨。胖流黄思妇,鸳机组织,从军荡子,马槊腾翔。有托而逃,是乡可老,粉黛英雄总断肠。君试问,任痴人衮衮,谁是〔四〕羚羊。

校记:〔一〕题其年《乌丝词》,全顺本作"读《乌丝集》,次曹顾庵、王西樵、阮亭韵"。〔二〕苍,全顺本作"沧"。〔三〕梁,全顺本作"簪"。〔四〕是,全顺本作"似"。

按:见《瑶华集》。

其二〔一〕

髯且毋〔二〕归,纵饮新丰,歌呼拍张。记东都门第,赐书犹〔三〕在；西州姓氏〔四〕，复壁仍〔五〕藏。万事沧桑，五陵花月，阑入谁家侠少场。相怜处，是君袍未锦，我鬓先霜。　　秋城鼓角悲凉，暂握手、他乡胜故乡。况竹林宾客〔六〕，云〔七〕霞接軫；平原〔八〕仲伯，宛洛寒裳。暖玉燕姬，酒钱夜数，绾髻风能障绿杨。持此阕，当〔九〕清平丝管，烂醉沉香。

校记：〔一〕其二，《名家词钞》作"读其年词次阮亭韵"，《古今词选》作"读其年《乌丝集》，次宋荔裳、王西樵、曹顾庵韵"。〔二〕毋，全顺本、《名家词钞》、《古今词选》作"无"。〔三〕犹，全顺本、《名家词钞》、《古今词选》作"仍"。〔四〕氏，全顺本、《名家词钞》、《古今词选》作"字"。〔五〕仍，全顺本、《名家词钞》、《古今词选》作"同"。〔六〕客，全顺本作"从"。〔七〕云，全顺本作"烟"。〔八〕平原，全顺本、《名家词钞》、《古今词选》作"云间"。〔九〕当，全顺本、《古今词选》作"定"，《名家词钞》作"恐"。

按：见《瑶华集》《名家词钞》《古今词选》。

其三〔一〕

公〔二〕勿渡〔三〕河，浊浪滔滔，鱼龙奋扬。乍城头吹角，秋阴萧瑟，桥边问渡，烟柳冥茫。珠树三枝，银釭一穗，醉里乡心低复昂。凭夜话，较青山紫阁，何计为长。　　偶然游戏逢场，有恶客冲泥兴也妨。美人如初日，芙蕖掩映，门开今雨，裙屐回翔。此客殊佳，吾衰已甚，安用车轮更转肠。相劝取，且酒宽嵇〔四〕阮，花驻求羊。

校记：〔一〕其三，《名家词钞》作"再和其年"。〔二〕公，全顺本、《名家词钞》、《古今词选》作"君"。〔三〕渡，全顺本、《名家词钞》、《古今词选》作"过"。〔四〕嵇，原文为"稽"，疑为讹文。

按：见《瑶华集》《名家词钞》《古今词选》。

其四

文士何如，不数纷纷，材官蹶张。纵通侯棨戟，乌衣零落，凌云词赋，狗监摧藏。清吹西园，锦筝北里，惊坐人来一擅场。还抖擞，尽新沙似雪，古月如霜。　　哀丝谱动〔一〕伊凉，快挟弹鸣鞭赵李乡。更双鬟捧出，春风羌笛，九天飞〔二〕下，雾縠霓〔三〕裳。法护僧弥，紫囊玉尘，大小儿呼孔与杨。高咏罢，似明玑翠羽，扫后犹香。

校记：〔一〕动，全顺本、《名家词钞》、《古今词选》作"出"。〔二〕飞，全顺本、《名家词钞》、《古今词选》作"吹"。〔三〕霓，全顺本、《名家词钞》、《古今词选》作"霞"。

按：见《瑶华集》《名家词钞》《古今词选》。

贺新郎·《影梅庵忆语》久置案头，不省谁何持去，辟疆再为寄示，开卷泫然〔一〕

雁字横秋卷。乍凭栏，玉梅影到，同心遥遣。束素亭亭人宛在，红雨一巾重泫。理不出、乱愁成茧。骑省十年蓬鬓改，叹香薰、遗挂痕今〔二〕浅。肠断谱，对花展。　　帐中约略芳魂显。记当时、轻绡腕弱，睡鬟云扁。碧海青天何限事，难倩附书黄犬。藉棋日、酒年宽免。搔首凉宵风露下，羡烟霄、破镜犹堪典。双凤带，再生剪。

校记：〔一〕"《影梅庵忆语》久置案头，不省谁何持去，辟疆再为寄示，开卷泫然"，全顺本作"《影梅庵忆语》久置案头，不省谁何持去，辟疆再为寄示，开卷泫然，怀人感旧，同病之情，略见乎词矣"。〔二〕今，全顺本作"犹"。

按：见《瑶华集》。

贺新郎·送陆金粟省亲归梁溪

下直缥囊卷。正梧阴、日斜人散，篆烟风遣。江上白云游子梦，几载青衫长〔一〕泫。千百结、银蛾缠茧。归到洞庭霜乍落，看橘盈怀秀寒香浅。温清暇，彩衣展。　　岂须名就亲方显。趁高秋、鳞松虬曲，珠泉帘扁。手进晨菹鸡黍洁，绝胜杞根花犬。料衰病，欢然扶兔。自昔英才公府掾，每起家、台阁谙朝典。裙屐习，早除剪。

校记：〔一〕长，全顺本作"常"。
按：见《瑶华集》。

贺新郎·代人赠别

人与秋云卷。乍亭亭、红桥玉笛，柳丝飔遣。罗扇练裙何限泪，今夕背灯偷泫。剥不尽、五丝蚕〔一〕茧。此别竟无魂可断，笑消魂、两字言情浅。芳草外，翠屏展。　　天涯回望双星显。忆闻歌，珍珠成串，饼金镕扁。帘幕几番花雾重，吠杀胡麻仙犬。今而后、吾真〔二〕知兔。若许都亭携手去，尽临邛、酒债将裘典。香唾袖，莫轻剪。

校记：〔一〕蚕，全顺本作"愁"。〔二〕真，全顺本作"其"。
按：见《瑶华集》。

贺新郎·和赠其年﹝一﹞

其一

玉笛西风发。送宾鸿、一城砧杵,千门宫阙。秋满桑乾沙岸曲,曲曲芦花飞雪。又报道、今番圆月。羁宦薄游俱失意,诧长楸、车﹝二﹞马多如发。徒﹝三﹞刺促,锥﹝四﹞刀末。　　小山丛桂难攀折。转堪怜﹝五﹞、纷纷项领,汝曹何物。只许﹝六﹞穷交长﹝七﹞对酒,况是江东人杰。任夜夜、兰釭明灭。作达狂歌吾事足,问人生、几斗荆高血。行乐耳,苦无益。

校记:〔一〕和赠其年,全顺本作"和其年秋夜旅怀韵",《古今词选》作"和其年秋夜旅怀"。〔二〕车,全顺本作"衣"。〔三〕徒,全顺本、《古今词选》作"空"。〔四〕锥,全顺本、《古今词选》作"贝"。〔五〕转堪怜,全顺本作"眼中过"。〔六〕许,全顺本作"有"。〔七〕长,全顺本作"堪"。

按:见《瑶华集》《古今词选》。

其二﹝一﹞

一曲骊歌发。正秋宵、露寒金井,星疏瑶阙。江上青枫如﹝二﹞有约,夜半落潮如雪。留不住、故人明月。自是五湖烟水好,笑东华,尘土埋黄发。路最怕﹝三﹞,羊肠末﹝四﹞。　　唾壶如意应敲折。古今来、英雄儿女,都为情物。孤愤信陵游戏事,毕竟千人之杰。看转眼、烟云变灭。万事不如归计稳,听杜鹃,枝上三更血。讵﹝五﹞卖菜,更求益。

校记：〔一〕其二，全顺本作"其年将发，秋夜集西堂，次前韵"。〔二〕如，全顺本作"应"。〔三〕路最怕，全顺本作"行路怕"。〔四〕羊肠末，全顺本作"太行末"。〔五〕讵，全顺本作"宁"。

按：见《瑶华集》。

其三

津柳霜飙发。乍分手、骊驹一曲，凤凰双阙。黄菊丹枫犹在眼，休怅红亭吹雪。换几度、天涯圆月。酒醒梦回多少事，感萧萧、易水冲冠发。试〔一〕脱颖，见其末。　　宝刀欲赠心先折。算今古、丰城龙剑，终为神物。一任椎埋与屠狗，浪诩烂羊魁杰。那更记、灰飞烟灭。此去夷门还郑重，有满怀、未老侯生血。更〔二〕扫却，待三益。

校记：〔一〕试，龚集本作"姑"。〔二〕更，龚集本作"还"。

按：见《瑶华集》。

贺新郎·赠柳叟敬亭〔一〕

鹤发开元叟。也来看、荆高市上，卖浆屠狗。万里风霜吹短褐，游戏侯门趋走。向〔二〕与我、周旋良久。绿鬓旧颜今改尽，叹婆娑，人似桓公柳。空击碎，唾壶口。　　江东折戟尘沙后。过青溪、笛床烟月，泪珠盈斗。老矣耐烦如许事。且坐旗亭呼酒。拚残腊、销磨红友。花压城南韦杜曲，问球场，马稍还能否？斜日外，一回首。

校记：〔一〕赠柳叟敬亭，全顺本作"和曹实庵舍人赠柳叟敬亭"。〔二〕向，全顺本作"卿"。

按：见《瑶华集》。

大酺·金陵怀古，和秋岳韵 [一]

柳色[二]如烟，乌啼月，江左琅琊何处。高楼红树里，有银筝纨扇，与花相妒。六代莺声，三山草色，曾记游人来否。芳袖[三]随云散，悔东华走马，此行原误。更风满败梧，日斜横笛，燕穿飞絮。　　包胥无一旅。看公等、歌舞夸南渡。为问取、夷吾往矣，祖逖何如？绣芙蓉、那能频顾。梦逐江流去。还懊恼、数峰遮住。料难到、家山路。菱花怜我，萧索长卿非故。倩谁百斤买赋。

校记：〔一〕"金陵怀古，和秋岳韵"，全顺本作"和秋岳春忆"。〔二〕柳色，全顺本作"忆柳"。〔三〕袖，全顺本作"怀"。

按：见《瑶华集》。

李天馥，字湘北，号容斋，本河南永城县卫籍，先代徙肥，遂为肥人。顺治丁酉河南举人，戊戌进士，官武英殿大学士，谥文定，著有《容斋千首诗》《容斋诗余》。

明月斜·宫怨

莫难屏，明离帐。箫局香微懒未添，曲琼欲挂流苏漾。

按：见《瑶华集》。

花非花·无题

桐凤残,铁凤曙。为檀郎,添檀炷。杜鹃枝上月初来,杜鹃声里人将去。

按:见《瑶华集》《昭代词选》。

捣练子·闺情

横却月,罢匀霞,细篆轻烟护绛纱。窗外画眉啼不住,一帘红雨坠榴花。

按:见《瑶华集》《名家词钞》。

忆江南[一]·春日

其一

天气暖[二],芳径[三]燕莺狂。谢豹多愁原姓杜,韩凭非梦亦为庄,香径领春光。

校记:〔一〕忆江南,全顺本、《瑶华集》、《名家词钞》作"望江南"。〔二〕天气暖,《名家词钞》作"淑气暖"。〔三〕芳径,《名家词钞》作"陌上"。

按:见《名家词钞》《昭代词选》。

其二

园林好,晴日暖生烟。绕砌香肪松拥盖,过垣纤籆笋行鞭，正是赏花天。

按：见《瑶华集》。

忆江南[一]·临镜

菱花莹，影语尽凝眸。学我眉棱常带恨，怪他心内独无愁，欲敛又还休。

校记：〔一〕忆江南，《瑶华集》作"望江南"。
按：见《瑶华集》。

忆王孙·春望

妒春良夜爱春朝，花外红楼卷绛绡。极目香尘旧板桥。路遥遥[一]，不见归鞍见柳条。

校记：〔一〕遥遥，《国朝词综》作"迢迢"。
按：见《瑶华集》《名家词钞》《清绮轩词选》《国朝词综》《箧中词》。

望江怨[一]

空瘦损。学卜桃花全不准，清泪常[二]偷忍。无端玉漏频催紧[三]，青灯烬[四]。莫怪梦难逢，春睡何曾稳。

校记：〔一〕望江怨，全顺本、《昭代词选》作"望江怨·闺情"。〔二〕常，全顺本作"偏"。〔三〕频催紧，全顺本作"频相窘"。〔四〕青灯烬，全顺本作"何时尽"。
按：见《昭代词选》。

相见欢[一]·采莲

远山渐隐斜阳，渡横塘。行到绿杨深处，画桡香。　　芙蘺畔,红波乱,溅罗裳。怕折〔二〕青青莲子,有空房。

校记:〔一〕相见欢,全顺本、《名家词钞》、《国朝词综》作"乌啼夜"。〔二〕折,《名家词钞》《清绮轩词选》《国朝词综》作"摘"。
按:见《名家词钞》《昭代词选》《清绮轩词选》《国朝词综》。

长命女·春闺

帘〔一〕未启,百合流苏春睡美。玉导红蕤委。　听残银虬慢矢,炧尽金猊沉水。怕暖嗔寒慵不起,嫌煞持衣婢。

校记:〔一〕帘,《名家词钞》作"帏"。
按:见《瑶华集》《名家词钞》。

采桑子〔一〕

恼人偏〔二〕是长亭柳,掩映征衣。摇曳襜〔三〕帷,镇日无端赠别离。　喜人更是长亭柳,叶展愁眉。影挂余晖,一路青青送马蹄。

校记:〔一〕采桑子,全顺本作"丑奴儿·长亭柳",《名家词钞》作"罗敷媚·长亭柳"。〔二〕偏,《名家词钞》作"最"。〔三〕襜,《名家词钞》作"轻"。
按:见《名家词钞》《昭代词选》。

菩萨蛮·闺情

月明小院梨花闭,金猊香袅流苏细。假寐夜悠悠,箫声何处楼。　起来还小立,罗袜苍苔湿〔一〕。更莫凭阑干,栏杆夜最寒。

校记：〔一〕湿，全顺本作"泾"。

按：见《名家词钞》《昭代词选》《清绮轩词选》。

菩萨蛮·纪游，和龚芝麓尚书〔一〕

落红万片花如雨，子规声里啼春去。春去有人愁，鸣筝懒下楼。　　伴〔二〕羞娇掩袖。知否情依旧。小立怕催啼〔三〕，贪看双燕飞。

校记：〔一〕"纪游，和龚芝麓尚书"，全顺本作"纪游，和芝麓年伯韵"。〔二〕伴，全顺本、《名家词钞》作"伴"。〔三〕啼，全顺本、《名家词钞》、《国朝词综》作"归"。

按：见《名家词钞》《国朝词综》。

巫山一段云·旅暮

远水春潮白，幽林夕照红。晴岚千里落芙蓉，积翠满花春。　　曲坞藏新月，遥帘漾好风。炊烟犹在板桥东。灯火隔疏钟。

按：见《清绮轩词选》。

小阑干·秋行〔一〕

千林落叶马蹄红，暮霭〔二〕卷晴空。平芜衰草，苍茫无际，山色斜阳中。　　黄花满目秋光冷，远磬咽西风。向晚人家，池塘清浅，流水碧溶溶。

校记：〔一〕小阑干·秋行，全顺本作"少年游·秋游"。〔二〕暮霭，全顺本作"香雾"。

按：见《清绮轩词选》。

浪淘沙·七夕

夜色晃天空。香雾濛濛。灵桥云影若为通。此夜机声初寂寞，半霎从容。　　华露浥星宫。佳会难重。一年一度一相逢。不似人间多薄幸，目断秋风。

按：见《昭代词选》。

鹧鸪天·闺情

宝佩云裳萼绿华，紫烟亭树太清家。啼痕欲种相思树，笑靥如迎解语花。　　酣枕蝶，倦窗纱。钗梁新锁玉蝉斜。大罗天上司春使，不是人间馆内娃。

校记：全顺本、全顺补本均未收本词。

按：见《昭代词选》。

虞美人·看花

看花只看花初放，绕树春光漾。看花急看盛开时，正是东君着意护娇姿。　　看花莫〔一〕看花将谢，憔悴香魂也。随风趁蝶惹轻烟，妆点一阶红雨使人怜。

校记：〔一〕莫，《名家词钞》作"又"。

按：见《瑶华集》《名家词钞》。

小重山·闺情〔一〕

楼〔二〕掩潇湘红网间〔三〕。芙蓉金屈戍、锦交关。黄星靥靬〔四〕夕阳山。临晚镜,无计避孤鸾。　　彩绁石榴斑。银泥蝴蝶小、玉弓寒。香阶偶立不知还。徘徊久,端为出来难。

校记:〔一〕小重山·闺情,《昭代词选》作"小重山"。〔二〕楼,《国朝词综》作"屏"。〔三〕红网间,《国朝词综》作"画里看"。〔四〕靥靬,《国朝词综》作"一点"。

按:见《瑶华集》《名家词钞》《昭代词选》《国朝词综》《情词》。

临江仙·春怨〔一〕

小院梨花春闭浅〔二〕,画屏云母寒侵。好书读竟夜沉沉。床头香渐地,帘外雨初深。　　数尽银虬眠不稳,泪痕斑染红襟。昨宵幽梦杳谁〔三〕寻。打煞青凤胫,生受紫鸳衾。

校记:〔一〕怨,《名家词钞》作"夜"。〔二〕浅,全顺本、《名家词钞》作"悄"。〔三〕谁,全顺本、《名家词钞》作"难"。

按:见《名家词钞》《昭代词选》。

后庭宴·晓行

青杏园林,木樨〔一〕池沼。流莺处处人家晓。幽探选胜〔二〕策珊瑚,香风嘶过蘼芜道。　　天空露澹飞鸦,数点依稀云表。孤村野墅,时有炊烟绕。一径落花深,千山遥黛小。

校记:〔一〕木樨,全顺本作"绿杨"。〔二〕胜,全顺本作"骑"。

按:见《名家词钞》《清绮轩词选》。

渔家傲·本意

银鱼风细桃花渡，轻帆影落澄江暮。漠漠晴沙飞白鹭。人家聚，青帘隐见云深处。　　一点孤灯依浅步，绿蓑珠晃金鳞露。月上危樯歌自度。随烟雾，修纶欲挽珊瑚树。

按：见《瑶华集》。

醉春风·闺怨

莫讶情非旧。假意如何久。别离滋味好凄凉，受。受。受。早起难抛，晚来渐剧，夜深更陡。　　正是伤春候〔一〕。无奈常空守。庞儿了不似当时，瘦。瘦。瘦。恨我痴心，怪人得意，亏他下手。

校记：〔一〕正是伤春候，全顺本、《名家词钞》作"不道而今又"。
按：见《名家词钞》《昭代词选》。

行香子·佳人

翠曳烟绫，莲褪罗藤。尽呼卢、懒较明琼。舞残蚊褥，歌罢鹅笙。宜风前立，花前笑，月前行。　　奈可盈盈，消受生生。锁芙蓉、帐冷银屏。鱿窗欲暝，凤胫偏青。渐香初烬，漏初急，酒初醒。

按：见《瑶华集》《昭代词选》。

念奴娇·送秦以御〔一〕

春明初晓,忽鸦惊柳外、楼头鼓歇。满〔二〕酌留君空浪语,愁听阳关三叠。莲子方花,桐孙始蒂,顿悔声尘隔。扬州梦稳,迢遥桂桨兰枻〔三〕。　　同志正恨晨星,无端尊酒,谁教轻〔四〕离别。断续烟峦〔五〕瓜步杳,好是潮通一叶。旅况闻鸡,才名绣虎,懒漫谈骚客。江东奇士,相看几点华发。

校记:〔一〕送秦以御,全顺本作"送秦以御,集字"。〔二〕满,全顺本作"蒲"。〔三〕迢遥桂桨兰枻,全顺本作"心折兰桡桂楫"。〔四〕轻,全顺本作"频"。〔五〕峦,全顺本作"岚"。

按:见《瑶华集》。

沁园春·记梦〔一〕

惟〔二〕仲之秋,明月三更,梦到方诸。过翡翠岩中,池皆瑶〔三〕玖;芙蓉城内,楼见〔四〕珊瑚。羽辔闲停,飙车偶驻,笑望羲和跳赤乌。居无几,见乘鹅驾鹿,曳雾衣铢。　　香风吹下仙姝,讶客自何来到蕊珠。探绛雪青精,索人玉臼;丹经绿篆,示我阴符。乐响云璈,香飘石叶,一晌欢娱海未枯。迨醒后,再沉吟想像,似有还无。

校记:〔一〕记梦,全顺本、《名家词钞》作"纪梦"。〔二〕惟,全顺本、《名家词钞》作"维"。〔三〕瑶,《昭代词选》作"琼"。〔四〕见,全顺本作"是"。

按:见《瑶华集》《名家词钞》《昭代词选》。

贺新郎·京师有优人新婚,戏以为贺〔一〕

夫子门楣异。却赢来〔二〕、娇羞事业,风流经济。一向乔装身请妾,此举差强人意。指山海、香盟粉誓。笑煞逢场花烛假,喜今尝、花烛真滋味。贪美酒〔三〕,恣尤殢。　　个侬休作男儿觑。料无非〔四〕、铅华侣伴,裙簪班辈。正自难分姑与嫂,慢〔五〕道燕如兄弟。恐还是、赵家姊妹。儿女温存原自惯,愿卿卿、怜妇如怜婿。今何夕,三生会。

校记:〔一〕"京师有优人新婚,戏以为贺",全顺本、《名家词钞》作"优人新婚"。〔二〕却赢来,全顺本作"止赢得"。〔三〕酒,《名家词钞》作"满"。〔四〕料无非,全顺本作"不过是"。〔五〕慢,全顺本、《名家词钞》作"谩"。

按:见《名家词钞》。

许孙荃,字友荪,又字生洲,号四山,康熙己酉举人,庚戌进士,官翰林院侍讲,陕西提学道,拔贡裔蘅子,著有《华岳堂》《慎墨堂》《使晋》诸集。

浣溪沙·秋景

草色斜阳江上幽,西风芦荻满溪流,宜人清兴是清秋。
细细虫声黄叶路,萧萧花气白蘋洲,碧云天气晚夷犹。

南乡子·村行

迢递水为乡,目送西风稻粒黄。万派野烟归柳绿,残阳。白[一]露迎人过草塘。　　暝色入衫凉,长板桥头客思长。一抹秋光相引处,幽香。荷叶荷花满路傍。

校记:〔一〕白,原文此处缺字,依《瑶华集》补入。
按:见《瑶华集》。

李孚青,字丹壑,康熙戊午顺天举人,己未进士,官翰林院编修,大学士天馥子,著有《野香亭》《盘隐山樵》《道旁散人》等集、《野香亭词》。

菩萨蛮

溪山深处寻秋色,寄言孟颉非山贼。野老问何人,迷途王积薪。　　夕阳沈古道,一辆车儿小。借宿叩林扉,妇姑闻剧棋。

柳梢青·静香楼四时曲

其一·春

十笏窗晴,春山楼上,旭日初明。才点花瓷,轻翻银叶,且讽黄庭。　　耳边学哢雏莺,声细涩、微茫暗听。飘入溪光，吹来沙际，杨柳梢青。

其二·夏

百尺轩窗，容卿高卧，雅称疏狂。枕上羲皇，胸中冰炭，只自寻常。　　游仙梦也无妨，花底闹、鸡虫渺茫。倏见新桐，乍移初月，又读残唐。

其三·秋

野色吹晴，水天一碧，榾子螺明。镜里怜潘，风前感宋，惆怅闲庭。　　隔枝犹啭残莺，入杳霭、渔郎[一]漫听。霜冷蘋花，烟轻蓼叶，荡破空青。

校记：〔一〕郎，全顺本作"榔"。

其四·冬

愁雾盈窗，拟教逼塞，不许清狂。万卷烟云，一编珠玉，足我家常。　　袁安卧定无妨，浑不碍、遥天冥茫。好共求羊，何论魏晋，管甚隋唐。

秦篆，字籀史，康熙时人，诸生，著有《抹云亭词》。

临江仙·咏早春[一]

早色娇春[二]如静女，含羞初向人前。更[三]迟半月便[四]嫣然。魂消非怨别，神醉未登筵。 惟有远山知〔五〕觉早，青青垂黛〔六〕堪怜。东风易上美人肩。吹愁成一片，不待落花天。

校记：〔一〕咏早春，全顺本作"初春"。〔二〕早色娇春，全顺本作"婉约春光"。〔三〕更，全顺本作"再"。〔四〕便，全顺本作"即"。〔五〕知，全顺本作"青"。〔六〕青青垂黛，全顺本作"依依浅黛"。

何五云，字鹅亭，康熙时人，贡生，官山东泗水县知县，著有《对未斋集》《红桥词》。

十六字令·咏莲

风，轻堕瓶莲小瓣红。香无赛，低问绣帘中。

按：见《名家词钞》。

法驾导引·雨

黄梅雨，黄梅雨，先送满楼风。弄色偏沾池上草，传声最恼槛边桐。人在水云中。

按：见《名家词钞》。

生查子·赋得"人比黄花瘦"，用儿宝田韵

昨日比黄花，人采花盈袖。明日比黄花，花好人非旧。
今日比黄花，人恰花同瘦。不是腻檀郎，松了芙蓉扣。

按：见《名家词钞》。

菩萨蛮·夏景集字

槐荫泻碧凝芳院，倚阑恰弄团团扇。作态惹离情，虚檐双鸟鸣。　　微凉枕簟滑，梦破天南北。滴泪染方空，榴花裙让红。

按：见《名家词钞》。

减字木兰花·冬日咏梅

长安雪意，冷骨闲心高自寄。萼破枝横，策蹇敲诗野兴生。　　离家隔岁，为问窗前开也未。吹彻琼箫，愁说江村驿路遥。

眼儿媚·冬闺

寒光一片信风飘，脉脉束纤腰。慢〔一〕无情绪，炉烟青断，脸晕红销。　　霜檐犹自喧灵鹊，惹恨上眉梢。玉郎何处，昼嫌鸳被，况有长宵。

校记：〔一〕慢，全顺本作"漫"。
按：见《名家词钞》。

摊破浣溪沙·冬闺

忽地寒生绣阁中，风含雪意到檐〔一〕栊。忙扇乌薪呼小婢，似羞红。　　独客螺杯愁漫破，长宵鸳被梦应工。偏是谯楼人不睡，鼓丁东。

校记：〔一〕檐，全顺本作"帘"。
按：见《名家词钞》。

柳梢青·官署旅况，和朱裴伯韵

墙外天涯，遮拦不住，暮雨朝霞。趁蝶寻芳，惹人情处，最是桃花。　　青青柳倦排衙，轻寒透、眉痕臂纱。妒杀丰台，春浓香软，南客携家（裴伯挈眷北游）。

按：见《名家词钞》。

鹧鸪天·自遣，和陆放翁葭萌驿韵

来去东山愧北山，易教秋谢易冬残。不甘逆旅翻甘梦，翻解浮生不解颜。　　双鬓白，寸心丹。只宜荒宴卧花间。销时患难催金尽，褪笔才华学石顽。

按：见《名家词钞》。

虞美人·寓中夜酌闻歌

青灯一盏凭杯酒，客路长消受。繁弦急管沸琼楼，偏是今宵无计赠缠头。　　吴侬子夜谁相问，高唱添孤愤。可怜汝我不如人，莫教寒冬挥去又伤春。

按：见《名家词钞》。

雨中花·赋得"杏花春雨江南"

十里芳菲闲看惯。今辜负、红情零乱。花亦恼他乡,轻寒薄暮,湿鬓生长叹。　　雾裹前村遮欲断。可奈酒旗争春颤。惹燕子双双,穿香掠影,殢半阴庭院。

按:见《名家词钞》。

南乡子·与友人夜话

下马割毡青,晨夕相于乐又新。只字连篇浑昵我,情殷,还是冰心一片明。　　惊破梦中人,欻地欢呼欻涕零。夜敞窗虚无一物,天真,除却君来许月侵。

按:见《名家词钞》。

鹊踏枝·九日,用儿子宝田韵

一瞬中秋连九日。几朵黄花,秋色将人逼。旅况浑胜吴市卒,无题糕授衣之术。　　慵去登高难耐寂。绿鬓凋零,霜点寒江荻。迢递乡音虚雁织,含凄孤对南山立。

按:见《名家词钞》。

蝶恋花·冬至前一夜咏闺情,用辛稼轩元日立春韵

无力寒灯寒不胜。半缕炉烟,扶上梅花鬓。明日添长谁复省,长宵权省些儿恨。　　一线阳回休去问。云障观台,遮得

人难近。春入鸳帷浑不定,笑他葭管何凭准。

按:见《名家词钞》。

一剪梅·三月三十日广阆仙诗意

杨柳千条不系春。喜见新春,怕说残春。清和上浣有余春,明里勾春,暗里藏春。　　捺住晨钟只管春。等待迎春,怎似留春。倘然留得半些春,天倒长春,人更伤春。

按:见《名家词钞》。

破阵子·七夕戏题遣闷

甚日银河混沌,一年一度堪羞。老矣牛哥迎不厌,老矣天孙嫁不休。嫦娥耐寡秋。　　夜半凭谁私语,莲花双脸含愁。不向开襟楼下过,不向穿针楼上游。乾坤应拙留。

按:见《名家词钞》。

最高楼·伏日,梁次典寅丈馈冰,戏调一阕

金初伏,快雨过前溪。又值送冰时。素瓷一色光摇魄,绮筵四照冷侵肌。赤瑛盘,朱李伴,泪红欹。　　曾记得、帝城山购转。曾记得、圣公车载满。刚一片、谢分遗。椒房虽贵难常倚,蒯人不卖也真痴。问千年,谁见过,结玻璃。

按:见《名家词钞》。

满江红·靳紫垣夫子杨庄工竣，旋节沛上，词以志喜

绣绕天吴，这都是、三年精血。人但知、不遗臣力，臣心并竭。滚滚黄尘蛟窟浪，萧萧白发龙门月。似当年、瓠子大将军，亲填缺。　　虑始者、初惊魄。旁观者，还饶舌。幸鹓班鹭队，仙槎相阅〔一〕。竹箭荻苗群效顺，赐衣五彩荣光塞〔二〕。冯六郎、预兆入华胥〔三〕，真诚格。

校记：〔一〕仙槎相阅，全顺本后有"上遣部院台省四臣阅视"小字注。〔二〕赐衣五彩荣光塞，全顺本作"看赐衣，五彩荣光塞"。〔三〕预兆入华胥，全顺本后有"先是得佳梦"小字注。

按：见《名家词钞》。

红情·赋得"杏花春雨江南"

偏他招雨。只一窥笑靥，浮阴何许。况是江天、春闹胭脂万千树。湿雾行云似梦，帘飐外、酒家三五。短笛出鸦村，远唱断渔浦。　　凝伫。枉眉妩。休滴透芳心，惹愁无数。倩风吹去。沾压落花不能舞。新柳新莺细唤，唤破红楼香处。蹴碧草、回玉勒，就花软语。

按：见《名家词钞》。

金菊对芙蓉·咏乔高士慕仙馆千叶并头秋莲，一茎四花，外包锦瓣，瓣落花放，特鲜艳可爱，用儿子宝田韵

君子之流，花攒锦簇，嫣然晚秀胜常。比芙蓉差早，弄色

秋江。重施五色流苏帐，护他两两密成云〔一〕。绛绡轻褪，鹣鹣并翼，昵〔二〕枕同床。　　敢是姊妹联芳。姊与孙郎偶，妹嫁周郎。看水纹交颈，叠戏鸳鸯。绿波平衬佳人步，黄昏低度女儿香。情胎恨种，更烧银烛，高照红妆。

校记：〔一〕云，全顺本作"双"。〔二〕昵，全顺本作"呢"。
按：见《名家词钞》。

玉烛新·方伯升书至，以近著四首见示，用周美成韵寄酬

黄河新冻后。是谁趣紫鳞，素书装就。稻孙石丈，多年别〔一〕、芳树欲遮还漏〔二〕。朝霞夜月〔三〕，最为异国销魂候。怕急泪、倾注南湖，频揩透羔裘袖。　　丈人峰落江天〔四〕，问晨夕盘桓，犹常健否。寒梅古态。须醺得、不使影疏香瘦。松滋点染〔五〕，那敌过、雪侵蓬首。更何日、玉烛高烧〔六〕，红牙低奏。

校记：〔一〕多年别，全顺本后有"稻孙楼观获诗一首"小字注。〔二〕芳树欲遮还漏，全顺本后有"乐府芳树一首"小字注。〔三〕朝霞夜月，全顺本后有"朝霞夜月赋"小字注。〔四〕丈人峰落江天，全顺本后有"家内父常与伯升过从"小字注。〔五〕松滋点染，全顺本后有"兼惠藏墨"小字注。〔六〕玉烛高烧，全顺本后有"玉烛新本意词一首"小字注。
按：见《名家词钞》。

绮罗香·十四夜，泗上同寅招赏新灯二枝和韵

灵祐宫前，慈仁寺里，四照百枝难画。风送春灯，顿长锦

川声价。谢殷勤、折简邀人，任容与、暗尘随马。却疑双月早飞来，庭虚如昼光相射〔一〕。　　良时高会有几，凭绿樽红烛，共攀情话。竹石参差，依旧风亭烟榭。天涯已自恋莼丝，地主犹能供菜把。待明宵、宝炬联空，看嫦娥欲下。

校记：〔一〕射，全顺本后有"卞桥双月，泗人相传于中秋见之"小字注。

按：见《名家词钞》。

望海潮·秋晚红桥泛舟

名园如绣，长桥如画，问何处美人家？烟滴锦帆，云迷绮席，多情游遍天涯。任落叶寒鸦。弄十分秋色，到底繁华。沉醉欢场，不须更忆玉钩斜。　　蜀冈隋苑凝霞。却平山叠暎〔一〕，第五泉佳。恼杀芙蓉，色飞魂倩，偏捱霜候开花。艳曲按红牙。香风飘翠袖，竞斗豪奢。可有才人，留与后人夸。

校记：〔一〕暎，全顺本作"映"。

按：见《名家词钞》。

小梅花·沸上卜居初定，用儿宝田韵

横野渡，江南路，浮家泛宅烟波住。怯风樯，爱村庄〔一〕，蓬门土坒，破瓮作明窗。人前莫说宦游客，行李随肩书半笈。洗尘怀，绿樽开。须敕庐儿，粳稻满畦栽。　　从此始，水樵矣。莺舌芳歌，鸭嘴轻桡。近红桥。高梧深柳，个个上青霄。洒落非舟非屋下。百事不知知酒价。古今愁，逐溪流。我欲临堤，更盖一间楼。

校记：〔一〕庄，全顺本作"妆"。

小梅花·乡思，叠前韵

桃叶渡。石城路。隔江筝笛吴侬住。揖归樯。讯秋庄〔一〕。欺猿诱桂，白月冷山窗。风尘垂老读书客。策杖骑驴长负笈。把孤怀，向谁开。一任情苗，恨种自牢栽。　　乡思始。转深矣。伊轧棠舟，欸乃兰桡。落双桥。紫魂勾梦，栩栩透寒霄。许史金张乌榜下，我但问江东米价。黛眉愁。鬓波流。好解衣磅礴、直上层楼。

校记：〔一〕庄，全顺本作"妆"。
按：见《名家词钞》。

沁园春·寿衍圣公孔翊宸祖母陶太夫人七十

迥彻高秋，珠宫琼馆，坛墠筵新。看垂垂鹤发，百年寿耇，摇摇翟翚，八座夫人。献斝歌诗，风倾海内，衮绣元公肃上宾。联簪履，俨三千弟子，礼乐纵横。　　泰山真气浑沦，知会合、防山自有神。更陶家栗里，菊黄九日，孔家阙里，桧绿千春。扤臂慈曾，卜邻贤仉，仍向寝门称后生。朝天罢，便含饴戏彩，何事陈情。

按：见《名家词钞》。

金明池·虎丘吊古，用秦七韵

绿皱芳波，青沿垂柳，认得阊门外路。丁嘱佛前香勿爇，纷闺秀、过眼如雨。问谁同、天地长生，却销送、圣帝贤王何处。只翠馆红楼，浣花响屧，勾引年年歌舞。　　李氏陈家双后主。爱结绮临春，韶光粘住。不妖丽、江山安在，不浪子、兴亡安诉？道旁亭、上石都存，想点首椎心，一般悲苦。有绝代英雄，五湖虾菜，载个美人飘去。

按：见《名家词钞》。

卷二

田实发,字梅屿,雍正己酉举人,庚戌进士,官江苏徐州府教授,著有《玉禾山人诗集》《绿杨亭词》。

十六字令·城边新柳

其一

风,摇曳年年西复东。无人处,缕缕夕阳红。

其二

寒,野水侵桥二月残。桥上过,休坐石阑干。

其三

愁,暝色和烟入戍楼。初三后,楼外月如钩。

其四

低,蛾绿鹅黄不自持。丝丝雨,刚在浅深时。

十六字令·咏鞋

柔，瘦到猩红恰半钩。鸳鸯结，缕缕是春愁。

望江南[一]·杨花

杨花舞，舞近玉人忙。舞作茜花裙下土，土花还作茜花香。曾住凤罗旁。

校记：〔一〕望江南，全顺补本作"梦江南"。

望江南[一]·题团扇

其一

白团扇，皎洁制偏工。出入玉人怀袖里，莫教捐弃在秋风。长得近芳容。

校记：〔一〕望江南，全顺补本作"江南好"。

其二

白团扇，小柄曲香筠。不染相思眸上泪，热时频与玉纤亲。好作掌中珍。

其三

白团扇，巧样贴轻罗。风色暗穿迷蝶影，月华重晕锁嫦娥。留取赠情多。

其四

白团扇,如雪又如霜。如雪不因天暑改,如霜能使玉肌凉。动处暗风香。

其五

白团扇,几缕扇中纱。每近春山粘翠黛,常遮飞鬓簇青鸦。第一是无瑕。

其六

白团扇,花月两相宜。月下徘徊留俊影,花间掩映过香帏。花月两为期。

柳枝

其一

记得移根上苑时,寻来还认旧腰肢。如丝如线无人处,一段〔一〕春风不可移。

校记:〔一〕段,全顺补本作"段"。

其二

一鸠啼雨过平皋,袅娜旗亭伴客轺。不是行人攀折苦,春风争上短长条。

其三

驿路初干春草生，长眉细眼不禁春。红楼西去南山角，尽耐东风送远人。

其四

长带娉婷面曲池，清晨经雨绿丝丝。生来不是临官道，无尽春风那得知。

其五

初酿春湖色未深，一帘烟雨破寒林。东风带有黄多少，吹作垂杨万缕金。

其六

缕缕丝丝近画楼，断烟疏雨暮飕飕。谁能更向楼西角，添得初三月一钩。

其七

银鱼风暖麹尘香，拂尽征帆翠袖长。愁煞南湖湖畔树，迢迢一半入斜阳。

其八

潮水来时只半篙，河边临水拂春桥。丝丝都是东风力，吹得鹅黄上软条。

其九

晴枝袅袅动春柔，织就烟丝胃翠楼。二月轻寒三月退，花飞如雪上帘钩。

其十

桥北桥南十万枝，何曾一树失春期。绿烟金穗看如许，偏受东风着意吹。

其十一

曳雨笼烟正复斜，池塘西北近人家。翩翩丰韵临春水，好趁樱桃未放花。

其十二

花外春街雨外楼，飞丝无力系春愁。浣纱溪岸逢西子，十八风鬟颤不休。

其十三

尽日春烟锁寂寥，官桥渡口蘸新潮。昭仪姊妹犹相妒，莫向灵和斗舞腰。

其十四

料峭春寒未易消，半沟春水驿边桥。龙池春色深如许，何事愁侬暮复朝。

竹枝

其一

青纱画舫竞鸣筝，歌入平湖烟水生。自把轻桡归极浦，得无情处且无情。

其二

家住秦淮北岸头，春波秋水日盈眸。韶华任尔频相迫，侬自生来不解愁。

玉连环影·咏香烟

千缕浅浅深深处，影透晶帘，帘外花阴午。月华圆，露华寒，十二云峰，神女梦魂间。

如梦令·代人送别

不畏风风雨雨，但畏杨花如雾。花里送郎归，郎隔杨花回顾。郎去,郎去,还是郎来时路。

如梦令·去住

住便不教人住,去又不教人去。系马绿垂杨,且倩卿卿分付。难处,难处,料也安排没路。

点绛唇·闺情

深院无人,桐花风里秋千索。梦魂漂泊。醒后春罗薄。

鬟枣[一]欹斜,蓦地搴珠箔。听鸣鹊,桃鬟羞掠。消息还如昨。

校记:〔一〕枣,全顺补本作"棘"。

浣溪沙·闺情

酥雨新晴春雾肥,啼莺飞下海棠枝,上楼天气倚阑时。

长尽蘼芜归骑杳,晴鸢一线晓风吹,水晶[一]帘子侍儿垂。

校记:〔一〕晶,全顺补本作"精"。

浣溪沙·秋夜

金井床寒露脚横,半干桐叶坠无声,一阶虫语怨秋清。

好梦侣[一]云空缭绕,残更和月太分明,客心欲碎却频惊。

校记:〔一〕侣,全顺补本作"似"。

浣溪沙·春闺

箫局余烟惹画衣,朝妆促水起来时,小窗凸凹亚花枝。肠似阑干回卍字,心如茧子裹蛾儿,者般滋味个中知。

菩萨蛮·春闺

清晨强着金条脱,一窗幽怨惊鸣鹊。人去减唇朱,东风吹梦无。　　薄梳蝉翼处,凝睇还私语。浓艳动钗梁,春花镜里香。

菩萨蛮·秋千

纷纷燕子轻如剪,绿杨枝上春风浅。金钏玉纤纤,丝柔彩索寒。　　留仙裙飐处,香气昏于雾。蹴罢倚人斜,南京杏子纱。

菩萨蛮·闺情〔一〕

灯花夜夜真珠颗,背灯弹泪挑灯坐。不畏枕衾寒,思君形影单。　　加餐毋念妾,有梦归来说。保得好容颜,为侬画远山。

校记:〔一〕闺情,全顺补本作"闺怨"。

菩萨蛮·城南垂柳

杏花桥外红如雪,余寒愁近清明节。薄影动轻黄,枝枝春月香。　　东风才几尺,欲溅昏鸦湿。何事苦相催,团团作絮飞。

菩萨蛮·茉莉[一]

隔窗冰粉垂无数,摘向兰闺还带露。朵朵衬钗梁,玉人头上香。　　最怜云鬓侧,一片花阴湿。莫怨烛华[二]红,烛红花更秾。

校记:〔一〕茉莉,全顺补本作"莫丽"。〔二〕烛华,全顺补本作"烛花"。

菩萨蛮·闺怨,回文体[一]

月明虚槛遥帘隔,隔帘遥槛虚明月。寒夜五更残,残更五夜寒。　　粉香和泪揾,揾泪和香粉。情里梦卿卿,卿卿梦里情。

校记:〔一〕"闺怨,回文体",全顺补本作"闺怨,回文"。

菩萨蛮·城南踏春

垂杨一树风千缕,桥南千树经新雨。鸢外夕阳楼,昏烟古堞浮。　　青旗沽酒处,醉便随人去。花鹊吠春灯,月街闻卖饧。

菩萨蛮·小春桃花

金衣不啭游蜂歇,竹横桥外霜花热。小玉返魂时,难扶病后姿。　羞将青子结,偷续春三月。一点岁寒心,为君笑浅深。

菩萨蛮〔一〕·茉莉〔二〕,赋得"玉碾小芙蕖"

宝奁暂逐星冠卸,但无瑕处真无价。琢就一团冰,月明香几层。　拈来浑莫辨,手与花成片。镜里晚妆情,秋莲指下生。

校记:〔一〕菩萨蛮,全顺补本作"减字木兰花"。〔二〕茉莉,全顺补本作"莫丽"。

菩萨蛮·题树南上人贴梅扇

韶华瞥眼春难挽,美人何处香魂返。收拾小红泥,落花还上枝。　笛声吹不去,犹带含章露。卷内见崔徽,惹教情泪垂。

美人鬟·咏鞋

研罗裙底穿新稳,一剪蒲桃锦。柳榭絮濛濛,秋千板上风。　春宵潜换珍如玉,常在鸳鸯褥。愁是避郎难,移来山枕边。

减字木兰花·咏蟋蟀

不堪秋枕,被伊又诉秋风冷。絮絮叨叨,红烛更阑泪亦抛[一]。　　天然凄切,阶前霜脚窗前月。莫过银床,几树梧桐叶正黄。

校记:〔一〕抛,全顺补本作"飘"。

减字木兰花·新柳

淡烟浓雾,迢迢青入江南路。折尽还生,不管欢情管别情。　　高楼玉箸,暮雨征轺从此去。却又斜阳,万缕千条系断肠。

减字木兰花[一]·感旧

泪痕双袖,几番新制征衣旧。春恨秋悲,争不朱颜异昔时。　　山亭驿店,燕子还飞人已换。壁上曾题,鹿麑难寻白粉泥。

校记:减字木兰花,全顺补本作"忆秦娥"。

喜迁莺·春望

晴鸢飐,晚城遮,系马酒帘斜。轻衫初试为看花,卵色上春纱。　　赤杏桥,桥边岸,经雨昨宵零乱。柳丝深巷隔人家,遥听卖芹芽。

忆秦娥·赠妓

其一

妆梳浅,扬州人打苏州纂。苏州纂,一簪翠滑,玉柔难绾。　阳台雨急春云软〔一〕,泥金小枕铺应满。铺应满,较情多少,比情长短。

校记:〔一〕软,全顺补本作"暖"。

其二

真超绝,海棠花下莺调舌。莺调舌,春山攒处,小成娇咽。　檀槽斜抱情星瞥,弦声未了歌将阕。歌将阕,相关无限,当筵难说。

玉连环·题《杨妃春醉图》

一身花色扶来晚,兰枝初点。宫裙袅袅动春烟,红雨玉阶深浅。　蝶粉蜂黄还减,几回羞检。胭脂偷卸守宫砂,瞒得过、君王眼。

醉桃源·夏闺

袖〔一〕床红处减梳妆,钗垂绿鬓旁。琉璃千顷簟纹凉,越罗衫袖香。　　眸已倦，日偏长，团团扇粉飐。几重屈戍掩潇湘，呢喃燕在梁。

校记：〔一〕袖，全顺补本作"绣"。

鹤冲天·村居

蚕网就，麦风凉，四月插新秧。横塘雨过放红蔷，白水半犁香。　　云冉冉，山点点，村坞日长门掩。楝花篁粉映参差，睡起月明时。

贺朝圣·落花

那能胜得春光住。却匆匆飞去。翩翩如蝶，娟娟如雪，纤纤如雨。　　清明近也，秋千影里，逐晴丝风絮。浮萍碧沼，珠帘红阁，知伊归处。

西江月·去住

住便有何滋味，去时却又如何。但藏去意在心窝，只合临行瞒我。　　相劝杯应易尽，相留时更无多。一生既爱故乡过，试问君来怎么。

满宫花·杨花

白于霜，轻似羽。搓就团团香素。溟濛一片遮远天，飞遍江南春暮。　　花外楼，楼外树。燕子巢时成雾。夕阳影里过秋千，还与东风一路。

燕归梁·雨中海棠

年小腮红鸦鬓倾。羞重脂轻。春风满院困娉婷。愁掠燕、怯啼莺。　　湿烟一段〔一〕余寒滞，黄昏后，又初更。双流玉箸暗纵横。流不断、国香清。

校记：〔一〕段，全顺补本作"段"。

浪淘沙·秋闺

结就碎红英，曲院灯青。新霜蓦地入前楹。黄叶风声斗不定〔一〕，欲聚还惊。　　好梦易成醒，一点幽情。金微山畔路纵横。来去模糊难记认，窗外三更。

校记：〔一〕黄叶风声斗不定，全顺补本作"黄叶斗风声不定"。

河传·金陵咏燕

春暮。如诉。喃喃凄楚。几度归来，满身花雨。白下城外，烟鬟。青青六代山。　　饧箫响处低双影。东风紧。曲巷乌衣冷。旧时桃叶，斜照一片迷濛。晚波红。

鹧鸪天·有怀

杨柳欹风春日长，水沈烟动碧纱香。燕疑琴韵常窥户，蝶爱瓶花语〔一〕入窗。　　相见处，两茫茫，娇多恩重易神伤。应怜绮阁初醒梦，金磬声中礼绣幢。

校记：〔一〕语，全顺补本作"误"。

南乡子·春闺

楼外缺春蟾，彻夜风鸢响更添。梦里落花红雨重，纤纤，飞过秋千扑画帘。　　拚却是眉尖，怨黛羞檀一半兼。墙上花冠啼不住，厌厌，生受青铜压翠衾。

玉楼春·梦破

一片春愁寒入梦。记得临行曾远送。背楼残月鬓边明，风满柳梢花雾重。　　钿盒还留人不共。白玉搔头金作凤。起来何似未醒时，私语琐窗纱影动。

鹊桥仙·无题

纤纤露草，垂垂烟柳，绿上春裙纱皱。个人原不怎生肥，却又被、东风吹瘦。　　画螺侵额，流波入鬓，密意暗中先接〔一〕。相逢半晌〔二〕不闻声，花影里、粉香遥透。

校记：〔一〕接，全顺补本作"授"。〔二〕晌，全顺补本作"晌"。

虞美人·咏栽兰

晶晶宝镜妆初了，红象梳声小。细心多占绣工夫，蓦地翻寻几上种花书。　　沙香土腻柔荑莹，几叶生幽韵。绿衣窗影唤鸦鬟。恰送豆青瓷盏鹧鸪斑。

踏莎行·咏兰影，和雨〔一〕溟原韵

秋水为神，玉烟成色，枝枝都傍兰釭出。小亭深处画屏寒，迷离清梦香堪摘。　　明地相怜，暗中难得，被人转动多斜侧。何须悄匿向幽岩，还留一片春风迹。

校记：〔一〕雨，全顺补本作"两"。

踏莎行·咏草色

骄马徐行，钿车细碾，东风一夜来时路。杏黄衫子绿裙腰，软铺颜色将人妒。　　细雨横桥，寒烟野渡，久酸望眼凭谁诉。无情有意断还连，昏鸦飞过春山暮。

临江仙·题苏小小墓

西施湖上苏娘住，年年歌院帘栊。芙蓉唤起晚妆秾。花低双鬓绿，月上小衫红。　　人逐彩云天外散，青山还似眉峰。一抔香梦与谁同。棠梨寒食雨，燕子暮春风。

一剪梅·闺情，独木桥体

濛濛暗柳隐鸦儿。月过亭儿，影黑墙儿。弯弯立遍粉栏儿。几阵风儿，几点花儿。　　沉沉院子闭猧儿。掩上门儿，添上灯儿。声声悄唤小红儿，何处人儿，没个人儿。

一剪梅·戏题黄花坂

野坂参差白道斜。春也黄花,秋也黄花。鬖鬖几树绿杨遮。朝也啼鸦,暮也啼鸦。　　垆头酤酒那人家。来也停车,去也停车。者番年比那番差,主也添些,客也添些。

渔家傲·题张丹崖小照

曲岸回溪连远浦,绿杨枝密黄鹂语。家有樵青炊瓦釜。携凤羽,连鳌海上谁能举。　　一笠一竿鸥鹭侣,蘋风蓼雨鸣归橹。拈髯斜视空今古。忌〔一〕辛苦,前身原是烟霞主。

校记:〔一〕忌,全顺补本作"忘"。

苏幕遮·春闺

梦方迷,天欲晓。何处啼鸦,何处啼鸦早。功课虚描双黛巧。攒煞青山,攒煞青山小。　　思腾腾,人杳杳。眼底春光,眼底春光老。二十四番花信了。苔上红多,苔上红多少。

醉春风·咏杨花

亚字墙边粉,卍字栏边影。玉人庭院练绡衣,冷。冷。冷。有意飘来,无情荡去,团团不稳。　　几阵花风紧,百丈斜阳暝。遮天扑地太颠狂,尽。尽。尽。灞水桥头,隋皇堤畔,知伊更怎。

青玉案·有寄

赚人连夜灯花巧,弄红影、窗前笑。煞好韶华抛掷了。春光有几,朱颜有几,尽着他乡老。　　懊悔离时真草草,奈偏向、黄昏见分晓。若道不禁寒料峭。寒应不是,温还不是,何处无烦恼。

鹊踏花翻·咏春堤美人,解用天池生韵

远岫堆螺,绿杨如画,东风影里来飞骑。只愁高处转身难,袅纤腰、从容似按徐行辔。红鸳蓦举曲凌空,髻云全委香随地。　　衬地芳草,一番新翠。浏漓浑脱公孙伎。刚度二八年时,万千驰骋,不道闲愁坠。韶华驹隙任相抛,双腮半为春光醉。

满江红·天门山

螺子谁匀,鸳鸯态、画成双绿。菱花面、旧欢新恨,做将颦蹙。暗送兴亡何日了,逝波声里韶华逐。阅几回、为雨更为云,真翻覆。　　黄荻老,江豚浴。丹枫脱,吴山秃。剩晓风残月,落霞孤鹜。自是丸泥封不得,断流难道投鞭足。看滔滔、一线泻岷峨,帆千幅。

满江红·题楝亭画册，和原韵

昼绣重临，擅先后、清时美誉。追芳躅、翠浓如泼，香繁名署。半亩玉尘翻细叶，楝花风里当年树。偏诗传、秋浦在春亭，幽深处。　　蒙晓樾，滋宵露。思手植，生遥慕。看大江南北，磷煸文赋。此日还同桑梓爱，他年直作甘棠护。踵前人、经纬烂天章，非迟暮。

满江红·赋得"千呼万唤始出来"

铜照[一]羞人，浑不是、当年秾艳。曾记取、画帘彩幕，依稀难见。珮响遥传花雾里，粉香微度春风面。便怎生、轻蹙茜裙儿，离深院。　　瑶瑟上，金星乱。妆阁内，蛛丝罥。剩芙蓉[二]双瓣，泪痕如线。垂手已输杨柳弱，转喉难作珍珠串。尽画栏、一曲一徘徊，踟蹰遍。

校记：〔一〕照，全顺补本作"镜"。〔二〕芙蓉，全顺补本作"夫容"。

满江红·将赴秋试，李松崖孝廉词以饯别，走笔赋答

郡檄催人，道且去、青云不碍。只篷户、珊瑚七尺，何从得赛。北地胭脂南国粉，东邻涂抹西邻怪。便姮娥、肯付一枝香，应羞戴。　　吾曾惯，孙山外。吾曾博，刘蕡爱。尽两次三番，嫁衣出卖。十载已供僮仆笑，半生况负诗书债。角此

回、才短与才长，真无赖。

满江红·东阿怀古

满眼春山，尽缓辔、东阿曲路。销残雪、暄风几日，卷开晴雾。一带残城连断岫，几株烟柳迷官渡。剩居人、指点说黄初，归藩处。　　金殿上，燃萁[一]赋。洛水畔，凌波步。甚蘅馆芝田，明珠手付。八斗才名谁与偶，五官郎将空相妒。只千秋、沦落应场俦，深悲幕。

校记：〔一〕燃萁，全顺补本作"然萁"。

满江红[一]·慰松崖下第，和原韵

红桂高枝，青鬓上、早曾簪得。奈偏是、御苑璚蕤，迟人消息。伯乐偶遗千里足，卞和枉洒荆山泣。尽往来、瘦马度黄尘，多啾唧。　　槐安梦，何从觅。邯郸枕，空凄绝。且消受、故里韶光花月[二]。帷下春风三径绿，筋倾夜雨双眸白。待他年、勾漏乞丹砂，神仙客。

校记：〔一〕满江红，全顺补本作"孤鸾"。〔二〕故里韶光花月，全顺补本作"故里韶光，江南花月"。

凤凰台上忆吹箫·美人晓起

紫栈全消，秦篝半热，画帘春梦余寒。听风筝昨夜，蟾影初圆。玉腕不胜金钏，明镜里、误却眉山。又道是，前生今世，爱好天然。　　看看，云梳月掠，翻赚出情肠，清泪阑干。但钗拈白燕，信杳青鸾。验取留仙裙褶，惊魂处、瘦杀弓弯。凝眸久，露珠丛里，手剪红兰。

满庭芳·观放风鸢

弟子春闲，先生午梦，商量半晌从容。谁年最小，顶搭系猩红。搜尽学书纸尾，还颠倒、阿母箱中。须臾就，齐牵一线，尽着趁暄风。　　片时欢笑剧，依桃傍杏，出入芳丛。奈偶然离手，吹入长空。偏是书堂寻觅，争藏匿、屋角墙东。归来后，大家须记，曲意好弥缝。

八声甘州·宜园奉陪合肥夫子破冰舟行即事

趁琮琤金玉喧鸣处，小艇近晴堤。见千尺湖光，一奁明镜，万片玻璃。行到松涛凹里，柔橹逐风低。回首余桥路，已到渔矶。　　携榼真饶清兴，见斜阳未下，晚雾先迷。记冲冰过访，红蒂雪梅齐。待夜游、画船秉烛，醉春山、桃李恰成蹊。系缆后、亭台倒影，初月天西。

孤鸾·咏镜

一奁秋月。争埋没蟾光，云深雾密。旧日双蛾，便恁杳无踪迹。好似桃花潭水，人去后、年年千尺。大抵浮沤身世，幻影生还灭。　　照愁容、更不稍藏拙。看两颊靴纹，泪痕重叠。屈指又相欺,是鬓边飞雪。肖我中年憔悴,真化作、无情顽铁。尽着玉台尘满,绿窗休更设。

孤鸾·咏残琴

桐君堪叹。见细网红蛛,金星零乱。胜雪吴丝,为甚七条都断。记得魫窗月满,响宫商、博山炉畔。珍重囊裁古锦,金剪茱萸茜。　　旧时音、已向风前散。似鹤唉〔一〕云深,空留哀怨。不耐从头整,是痴肠难换。早识而今冷寂,只当初、供人樵爨。流水高山何处,一般成梦幻。

校记:〔一〕唉,全顺补本作"去"。

疏帘淡月·题李青崖小照

衣香温腻,尽偎坐梧阴,月光筛碎。好趁沉沉,深夜露华如水。兔寒蟾冷嫦娥睡。又眼底,玉人成对。天外鸿惊,阶前虫怨,丝清竹脆。　　拚老去、柔乡居止。醉乡广大,黑甜尤美。研铁锥毛,倦矣阮眸空世。英雄误饱江湖味,且跌宕、风流自喜。生生消受,金荃红豆,唇樱眉翠。

解语花·题钱紫崖小照

鸭头拂岸,凤尾挡空,竹径流泉泻。清风四洒。无人到、一线水沈烟罢。南华诵也。羡竹簟、蕲州光砑。大槐安、不梦青云,栩栩庄生亚。　　况有双鬟韶冶。是康成家婢,解人意者。远飘香麝。阑干曲、两点秋星遥射。留仙裙衩。疑天外、双成飞下。鹧鸪斑，玉腕亲擎，笑渴怀难谢。

齐天乐·和张汉瓿系舟词原韵

扬州侨寓张融后，好是湖山宗主。两桨萍香，一帆溪影，收向垂杨深处。满篷花雨。笑陆处红船，船居绿屿。但有高人，相逢邀入醉乡住。　　英雄小住佳耳。看风波千尺，萧然容与。巧羡浮家，拙愁掞舵，但倩游丝萦树。尽消幽趣。任向晓披襟，临宵握麈。窗外春沙，鸂鶒还对语。

李廷辉，字昼堂，号立山，乾隆乙酉副榜，癸卯顺天举人，历官江西长宁、浙江上虞、桐乡等县知县，著有《崇实堂诗文杂录》。

临江仙

多少心情无一可，玉签又打黄昏。隔帘花影闭重门。短笺和泪写，孤被赖香温。　　一枕西风支病骨，长夜独自温存。前宵疏雨道难闻。如何今夜月，一样也销魂。

沈若淮，字惜斋，嘉庆时人，诸生，著有《炊余录》

《寄感篇》。

忆王孙·丁亥馆某氏园中,有花卉三十余种,作小词以记之

春风桃李列门墙,烂漫天真弟子行,坐拥皋比馆异乡。幸宽场,茅屋三间讲学堂。

长相思

花儿香,叶儿香。开遍含桃又海棠,如何碎锦坊。 莺儿忙,燕儿忙。吹被春风上绿杨,观音柳叶长。

浣溪沙

小草窗前书带香,寒来暑往笑空忙,芙蓉秋水故乡望。客里看花浑似梦,莼羹鲈脍促归装,马前沽酒且称觞。

画堂春·春怨,步少游韵

阑干曲曲柳丝长,半钩才挂朝阳。帘垂风透篆烟香,懒去梳妆。 对镜谁怜眉黛,看花人远潇湘。几回检取旧衣裳,怎不思量。

眼儿媚

紫荆不改旧时形,插架锦围屏。当门椿荫,沿街萱草,色胜冬青。　　素心如入兰芝室,缕缕扑人馨。梨花著雨,海棠夜睡,沉醉难醒。

柳梢青·春感,步秦少游春景韵

折戟沈沙,秦淮往事,碧水流斜。古鼎香浓,芸窗昼永,开到梨花。　　年年何事天涯,雨霁后、数声暮鸦。陌上饧箫,楼头歌管,吹梦还家。

乌桕树·无题,惜斋自度曲

乌桕树,绿成阴。绿阴属下结知心。知心一语成痴劫,月露溶溶几度侵。　　惜哉一别后,云雨多反复。一去一来渺难逢,泪染胭脂应透湿。

双调望江南

江南好,辜负好春光。亭馆含娇金芍药,池塘交颈玉鸳鸯。楚楚动人长。　　梨云梦,三载更难忘。雨湿胭脂秾罩影,月描粉黛淡凝妆。蜂蝶倦寻芳。

踏莎行·春旅，步少游韵

草长香坡，绿回仙渡，分明记得前来处。晓闻杜宇叫枝头，桃花零落春将暮。　　雨霁高楼，江横匹素，布帆叶叶归无数。东风祝汝最多情，可能吹梦还家去。

一剪梅

韶景恹恹病里看。花事将残，月影将残。坐花醉月强寻欢。诗思阑珊，酒兴阑珊。　　去也低徊往也难。今夕河干，明日江干。浮云出岫意萧闲，除却巫山，还在神山。

限佳期·七夕遇雨偶成，惜斋自度曲

牛郎扣角，织女停梭，准拟今宵会玉河。忽然风雨势滂沱。好事多磨。　　云遮鹊驾，月暗银波。滑路怎能过。可叹一年一渡，不许诉愁魔。天上神仙抱恨，人间别绪，更待如何。

水仙子

记得元宵刚十五，月色灯光鸣社鼓。来朝策马竞长途。愁如许，恨如许，辜负一春花似雨。　　何事频将佳会阻，烦恼我来烦恼汝。红榴照眼是归期。香也吐，艳也吐，水心亭上歌金缕。

错中错·无题，惜斋自度曲

芳草地，麦秋天。玉人返驾到蓝田。千载相思空有约，三生石上本无缘。既无缘，何相遇。仙源洞口迷烟树。　　树上杜鹃啼，声声叫归去。归去。归去。回头莫把终身误。一误再误谁调护。

黄莺儿

花神巧样装。春已暮，乐未央。荼蘼架外红如帐。香橼瀼雨，椒蕊含浆。一湾池水添新涨。问药名，草生三七，拔树倚槟榔。　　月季露瀼瀼。刚夏午，桐影凉。海榴照眼火生光。凤仙锦簇，龙爪相将。栀子银花赛晓霜。寻淡竹，菖蒲何处，六月雪儿傍。

木兰花慢·立秋日有感

任流光逝水，止不住，恨悠悠。叹浪迹萍踪，东西南北，远近去留。已往都归乌有。奈今宵、雨气透新秋。寂寞梦醒旅枕，凄凉月暗云楼。　　阅沧桑怎忍回头，万事水东流。但如病如痴，如狂如醉，如怨如尤。错处那堪指数，看将来、漂泊几时休。心是已灰之木，身不如不系之舟。

吴克俊，字菊坡，晚号蔗翁，又号晚遂道人。嘉庆时人，太学生，著有《罗雀山房诗存》。

虞美人·自题《悟梅图》

乾坤著个痴呆我，百计如何可。研〔一〕田一亩是荒庄，漫道秋干春涝总无妨。　　半生总被梅花误，静对梅花悟。虚名到处究何干，权把冷香孤影慰饥寒。

校记：〔一〕研，全嘉本作"砚"。

赵对澂，字野航〔一〕，道光时人，廪贡生，官广德州学正，保升知县，殉洪杨之难，追赠云骑尉。著有《野航十三种》《小罗浮馆全集》。

校记：〔一〕字野航，全嘉本作"字念堂，号野航"。

点绛唇·春草，和林和靖

陌上人回，乱纷纷地春无主。六桥何处，落尽棠梨雨。欲访离宫，又是斜阳暮。牵愁去，烟岚无数，来日西陵路。

按：见《箧中词》。

偷声木兰花

玉梅花放曾留客，不道花时人又隔。无限相思，且借花前劝一卮。　去年花落春才暮，此日花开春忽去。怅暖惆寒，便是天公做亦难。

江月晃重山·晚眺

一抹遥山耸翠，几湾野水拖蓝。春光只在有无间。推窗望，画意比荆关。　照影清波荡漾，举头新月廉纤。六朝如梦枉沉酣。惊心处，莫更问江南。

虞美人·怀友人塞外

千金一剑留身畔。万里音书断。忽看只雁影横秋，料得征人此际定回头。　胡笳拍遍关山路。都是相思处。穹庐四覆野苍茫，只有故园明月照边墙。

按：见《箧中词》。

蝶恋花·鹧鸪

聒耳声声行不得。谁是哥哥，漫唤生疏客。水驿山程啼欲绝，隔花又送音凄恻。　暂借一枝休叹惜。许尔高飞，莫管江南北。前度诗人头已白，归期未向天涯觅。

按：见《箧中词》。

渔家傲·过陈氏废园

几曲阑干红剥落，池塘西畔欹高阁。一路行来犹约略，春如昨，隔花牵动金铃索。　　树底黄鹂声寂寞，游丝轻裹芙蓉幕。梅豆空余鹦鹉啄。酸何若，频年滋味深尝著。

凤凰台上忆吹箫·凤凰山怀古

十里湖亭，万家灯火，我来凭吊兴亡。任沼吴墟越，说霸论王。转眼烟销铁弩，怒潮急、犹咽钱塘。最难忘，小朝南渡，旧事凄凉。　　堪伤。江山如故，奈歌传白雁，劫换红羊。看离宫辇路，碧草都荒。曾[一]向半闲堂过，只赢得、露泣寒螀。空惆怅，乱鸦声里，却又斜阳。

校记：〔一〕曾，全嘉本作"莫"。

凤凰台上忆吹箫·再和《漱玉词》

芍药阶前，荼蘼架下，相逢一任低头。认苔痕泥印，量遍春钩。几曲阑干遮断，衣香在、人影全休。安排就，情浓似酒，绪乱如秋。　　知不。惊鸿瞥眼，除却梦魂中，怎得勾留。愿化成轻燕，飞傍朱楼。日日穿帘来去，镜台畔、好自凝眸。痴心甚，也知无分，聊与消愁。

按：见《箧中词》。

梦扬州·本意

黯伤魂。是迷离、一带芜城。断瓦败垣，历尽几多黄昏。凄凉满目都非旧，听隔江、鹤唳风声。谯楼上，闲凝睇，苍茫戍火渔灯。　　甚事心头最惊。看铁骑金戈，无限纷争。怎得义旗，遍插沿河行营。莫愁烽火明瓜步，有请缨、戎马书生。待指日，欃枪扫处，毒焰全清。

扬州慢

十里楼台，几番箫鼓，昔年我亦曾游。叹匆匆别去，卅载雪盈头。试回首、繁华世界，莺花隋苑，烟雨满邗沟。怎禁他，连天烽火，匝地戈矛。　　风声才定，奈兵氛、又接瓜洲。问跨鹤何人，燃犀何处，转眼都休。此日重题旧事，二分月、照遍清愁。尽盘桓良夜，一官各自沉浮。

醉江月·秋夜忆许知白、杨楚骚

凄凉夜色，又沉沉、做出别离景况。旧雨萧条，新雨散、不管有人惆怅。花外钟声，池边月影，都是愁心酿。坠欢如梦，重阳时节俱忘。　　为问北马南船，天涯羁滞，来去应无恙。赢得随身诗卷在，一扫风尘模样。破帽笼头，短衣缚裤，到处凭飘荡。盘空野鹤，人间可许依傍。

按：见《筐中词》。

大江东去·采石矶，用坡公赤壁韵

洪波浩渺，看一拳、兀立江心何物。疑是天风吹落处，割得龙门半壁。汉水西来，金陵东锁，千里飞芦雪。谪仙人去，危楼剩此雄杰。　　我亦拍手匡庐，振衣泰岱，轫向燕秦发。脚底烟尘销不尽，又借寒潮磨灭。古洞阴生，悬崖陡立，冷逼萧萧发。侧身四海，几回烂醉明月。

大江东去·抒怀，再用坡公韵

茫茫尘海，问谁能、识我胸中寸物。愁满江潮哭不得，血泪模糊四壁。断剑烧琴，焚书碎砚，悲愤何时雪。饮醇近妇，信陵真是豪杰。　　聊且酣卧矶头，倒窥江影，舟趁飙风发。骇浪惊涛才足乐，不管微生沦灭。讪笑由人，颠狂任我，散尽严阿发。途穷若此，何妨更捉明月。

大江东去·夹沟驿过烈女秀姐墓，三用坡公韵

捐生非易，问谁能、一笑掷还造物。况是盈盈身未嫁，不比寒灯孤壁。寸铁心坚，一丝肠断，死著衣衫雪。蛾眉如此傲他，今古人杰。　　此日驿路花香，坟头风冷，吹遍青枫发。烈骨贞魂留万古，不共残碑字灭。节义谁肩，纲常独荷，系得千均发。我来凭吊，杜鹃叫上明月。

大江东去·戏马台，四用坡公韵

寒流百折，任年年、阅尽长途风物。只有荒台留片上[一]，占断淮西一壁。日落城头，涛奔岸脚，鸟印平沙雪。凄凉满目，负他盖世英杰。　　堪笑过客登临，残碑画地[二]，也学悲

歌发。汉殿齐宫今在否,一样野烟销灭。我是江东,旧时子弟,到此羞华发。阴陵前度,乱鸦啼彻残月。

校记:〔一〕上,全嘉本作"土"。〔二〕地,全嘉本作"字"。

大江东去·登峄山,五用坡公韵

振衣千仞,碎龟趺、谁认汉唐故物。三面冈峦帖地起,环向中峰峭壁。溪响寒泉,猿升古木,鸟啄岩头雪。者般景况,几人消此奇杰。　　我欲左挟飞琼,右携弄玉,并驾天风发。瑶岛蓬山都历遍,坐看微云生灭。饥吃胡麻,汤〔一〕餐沆瀣,留住黟然发。一声清啸,傲他海上孤月。

校记:〔一〕汤,全嘉本作"渴"。

大江东去·有忆,六用坡公韵

几回肠断,梦凄凉、犹忆石城风物。一角红楼垂绣幕,夜半香围四壁。纸砑银蚕,墨磨铜雀,字印鸿泥雪。新诗吟遍,金闺让尔称杰。　　可奈流水年光,匆匆过了,催送云鬓发。留得词坛佳话在,不与粉脂销灭。翠袖天寒,青毡座冷,一样添华发。湘帘低卷,此心惟托明月。

大江东去·江口夜泊,七用坡公韵

空江如镜,任茫茫、照尽古今人物。二水三山天外落,锁钥东南半壁。瓜步涛生,石城潮打,两岸堆银雪。中流击楫,问他谁是豪杰。　　当日看剑引杯，闻鸡起舞，顾盼英风发。瞥眼头颅都白了，一任尘寰生灭。万卷藏书，千金买马，幻想多于发。轻舟泊处，波心涌上圆月。

大江东去·听歌有感，八用坡公韵

天然姿态，看亭亭、知是江南人物。玉啄粉抟浑不辨，光艳照来室壁。小步轻盈，回身宛转，掩映梅花雪。环肥燕瘦，者番称得双杰。　　正待银甲迟挑，珠喉慢啭，小令歌声发。一曲琵琶肠欲断，襟上泪痕难灭。眉影遥分，眼波斜溜，钗颤香生发。低垂帘幔，偷窥未许新月。

大江东去·再题《忏生图》，九用坡公韵

华严一部，细参来、明镜菩提非物。色相人间都解脱，才算功深面壁。数杵林钟，几声粥鼓，万事如春雪。茫茫大地，现身愧说灵杰。　　且自烧却蒲团，抛残经卷，长啸风前发。撒手悬崖游戏惯，莫问蜉蝣生灭。世界虚无，画图变幻，霜重侵须发。名心忏遍，合教留伴烟月。

大江东去·秋夜怀人，十用坡公韵

蕢腾一觉，怪醒来、不是那番景物。落叶纸牖鸣飒拉，断续虫吟败壁。梧影筛风，竹声送雨，夜色明于雪。闲翻书史，评题无限奇杰。　　最忆旅馆围炉，萧斋煮茗，相对高歌发。

凤泊鸾飘多少恨，诉到升沈起灭。白眼谈诗，黄衫说剑，秃尽星星发。挑灯兀坐，荒鸡催下残月。

齐天乐·题程鹤衫《烟波渔唱词》，兼怀令弟又桥孝廉

新词一卷天涯寄，人忆十年前度。风月联吟，烟波泛宅，领略渔家清趣。匆匆又去。问情比巢湖，还深几许。无限离怀，拚教低唱旧时句。　　相思今后重数。羡双丁二陆，齐名交誉。莲幕闲游，龙头高立，廊庙山林分住。行藏莫误。算传世文章，何殊今古。收拾残编，枣梨凭付与。

风流子·怀李小芗皖城

晓风吹不断，卷帘幕、正值落花飞。怅旅馆凄凉，难抛旧侣，书帷寂寞，惯惹相思。问江上、子规啼彻夜，可向故人催。一曲阳关，偏多别调，几番梅雨，怕误佳期。　　游丝牵系处，那堪忆、昔时杨柳依依。况是淮南客去，岭北书稀。叹游子浮云，成年飘荡，天涯芳草，满目离披。何日西窗尊酒，刻烛分题。

按：见《箧中词》。

沁园春·三台阁登高

大醉登高，凭遍阑干，望穿故乡。盼石城云物，依然不改，秦淮灯火，竟得无妨。烟月楼台，莺花世界，想到其间笑

欲狂。狂歌处，任风吹落帽，日上移床。　　醒来无限凄凉。只四面、书围一草堂。叹白发垂肩，田园安在，青衫恋体，松菊全荒。锋镝惊心，干戈满眼，岂料家山作战场。伤怀切、听雁声嘹唳，角韵悠扬。

乳燕飞

芳草斜阳路。好风光、偶然勾引，寻春情绪。十二阑干低压水，转过小桥西去。才现出、青油门户。夹岸垂杨争系马，认庭前、一本樱桃树。料不比，天台误。　　画屏曲曲鸳鸯护。任隔帘、猧儿轻吠，鹦哥学语。盼到回眸刚欲笑，又被琵琶遮住。尽一串、歌喉吞吐。客里看花容易老，判销魂、莫放年华度。听耳畔，鹃声苦。

按：见《箧中词》。

金缕曲·怀迷朣生大令闽中

记向金陵别。恰匆匆、回头十载，相思逾切。闻道宰官身早现，手种河阳花发。凭管领、南天风月。一笑珠娘车下拜，看荔枝、捧出肤如雪。羡此际，真消渴。　　故人千里肠犹热。听编来、循良小传，万家争说。红帽青衫行绿野，览遍江山奇绝。把八闽、歌谣采掇。只恐渊明归兴动，忍教他、五斗腰长折。松菊伴，好先结。

金缕曲·送汪梅川孝廉全椒

忍使轻桡放。且评量,客中花月,几回惆怅。为问滁阳三尺水,可与秦淮一样。知两地、别来无恙。长揖旗亭挥手去,又江湖、听雨孤舟上。得好句,凭高唱。　　何时我亦来相访。向西窗、衔杯剪烛,重联秋帐。袖挟诗词如束笋,怪底行人色壮。笑结习、今犹难忘。剑气珠光终发露,看长风,万里吹鲸浪。拭老泪,还凝望。

张丙,原名延邴,字娱存,号渔村,道光时人,贡生,著有《延青堂诗词集》。

浣溪沙·春景

丫髻双鬟祀紫姑,钗飘彩胜鬓灵符,深深学拜不须扶。
欲语含羞先匿笑,微闻默祝戏相呼,他年夫婿胜人无。

减字木兰花

珠帘乍卷,倚阑细辨春深浅。柳不知愁,和雨和烟绿上楼。　　山山无赖,对人故展新眉黛。埋怨墙东,尽把新词唱㑊侬。

按：见《箧中词》。

卖花声·人日

晓起怯轻寒,春思无端。茅斋客去减清欢。霜色皑皑风剪剪,酒力偏单。　　旧稿手亲删,珠墨重看。檐梅如雪压阑干。元日已过人日又,赢得身闲。

浪淘沙·秋阴

楼外碧云深,院落沉沉。井梧飘堕思难禁。不雨不晴还不热,做尽秋心。　　销恨酒重斟,倚槛孤吟。海棠开后到如今。记得春阴天似水,又是秋阴。

唐多令·秋海棠画

绕砌一藂生,香魂冉冉轻。肠断顿触我闲情。说是美人珠泪化,秋士泪,更零星。　　纸上逗微馨,挑灯梦不成。可怜态度太娉婷。若化春花春睡足,供一笑,鬓钗横。

水调歌头·寒食

寒食又今日,泼火雨初晴。偶然门外携手,春色最关情。不信杨花衣上,似此梨花面上,吹我酒魂醒。徙倚复延望,山外暮烟横。　　纸钱白,芳草绿,墓田青。一年一度,佳节赢得客怀清。豪竹哀丝陶写,檀板金尊弃置,两鬓易星星。我自无聊耳，那更响檐铃。

玉烛新·立春

青旗初指处。喜隔岁东君，岁耕初驻。花幡彩胜，迎来巧、半夜江梅偷渡。丝鸡蜡燕，早颤向钗头无数。年暗换、斜倚熏笼，衔杯听翻金缕。　　良宵暖炙笙簧，莫领略匆匆，等闲轻觑。愿春长住。留百岁、韶华莫教归去。春光欲语。把笑口低开浅露。须整顿、剪水双瞳，朝朝看取。

陈云章，字亦昭，道光时人，贡生，直隶遵化州知州，序东太守之父，追赠知府，著有《劫灰诗集》。

满江红·自题《劫灰集》诗卷

何必书空，已自分、隐沦林下。笑几辈、东涂西抹，翩翩裘马。怕说王曾辞温饱，徒令杜甫忧民社。动关山、金鼓飒秋风，泪盈把。　　燕巢幕，鸿飞野。蒿目恨，苍毫写。傥一声叫破，天聋地哑。烈士困穷刀孰赠，头陀老烂钟犹打。只鞠通，夜夜听冰弦，知音者。

满庭芳·题王谦斋诗集

狂欲叫阊，傲难谐俗，酒杯不解牢愁。霜毫写出，怒骂亦风流。莫谓才名空噪，盐车下、惯老骅骝。王景略，当场扪虱，谈笑簿封侯。　　叹繁华易逝，周郎座上，孙楚楼头。问人琴何在，鬼哭啁啾。目击江淮摇落，悲歌处、砍断吴钩。凭珍重，一枝史笔，虹饮砚池秋。

满庭芳·赠黄季绳先纶

嗷雁晨飞，贪狼夜耿，难禁我辈悲秋。重阳节近，把酒不消忧。漫说杞人堪笑，乾坤窄、何处昂头。湖海士，空存意气，有笔为谁筹。　　且休，论似汝，腹便东观，目逸南州。是高科门第，也抱穷愁。耕到砚田岁恶，儒同丐、那作生谋。非然者、胡为长吉，愤欲带吴钩。

徐子苓，字叔伟，号毅甫，晚号南阳老人，一号默道人，又号龙泉老牧，道光乙未举人，官和州学正，著有《敦艮吉斋诗文集》。

明月棹孤舟·题王虞臣《味笛图》并序

虞臣倜傥有奇概，少读书，不得志于有司。壮岁投戎，积功得一官饱，系闲曹。余由皖城道历阳，君招饮寓廨，属题其所为《味笛图》，匆匆赋借一笑。时同治八年春季。

离亭一笛催春老，斜阳牛背横陈好。约略山痕，低迷鞭影,去去马蹄人悄。　　楚北江南烽乍了。蓦东风、新编画稿。君溷鱼盐,我思虾菜,同是一般潦倒。

徐汉苍,字荔庵,嘉庆时人,贡生,道光辛巳举孝廉方正,著有《萧然自得斋诗集》《碧琅玕馆诗余》。

浣溪沙·龙泉山居有感

其一

似水年华碧玉箫,落花天气又今朝,画桥杨柳短长条。燕子翩跹萦旧垒,衰翁辛苦赁荒郊,乡心归梦两无聊。

其二

谩效林宗垫角巾,荒山何处著斯人,只须烂醉卧芳茵。明月自来还自去,落花如何更如尘,夕阳流水坐垂纶。

眼儿媚·七夕

长空明月几时圆,乞巧又经年。垂杨巷陌,簸钱年纪,碧玉堂前。　　双星相望银河阔,钿笛一凄然。豆花篱落,水晶帘外,锦瑟床边。

柳梢青·杨行密故居在吾郡城内,地名石头塘

情绪茫茫,春回废圃,水涨平塘。金井香铺,玉阶草长,谁吊吴王。　　故宫曾弄笙簧,绮丽地、鸦飞夕阳。冉冉楼台,森森棨戟,一例荒凉。

南歌子

雨过云还湿,风微日又斜。山深春老未飞花,凄恻明朝寒食在天涯。　　茅舍翻娇燕,荒汀响乱蛙。青藤紫笋护篱笆,遥记桥南桃柳两三家。

卖花声·鸳鸯湖

舣棹蓼花滩,湖涨涎漫。夕阳人在镜中看。一带画楼临水住,红袖姗姗。　　谁凭碧阑干,玉笛声寒。儿家门泊五湖船。偷看鸳鸯交颈睡,绣上轻纨。

双调望江南·忆城中故居

帘波外,春色满枝头。屋角玲珑花似绣,天边明丽月如钩,银汉露华浮。　　批宝笈,往事恨悠悠。好与古欢通謦欬立,并无今雨话绸缪。锦瑟倩谁挝。

鹧鸪天·开府江忠烈岷樵先生忠源守城日，命地方官偕予筹款。城破之日，忠烈殉节，予身被重创。想先生激烈之情，谦抑之度，而青袍泪湿矣

卧病空山日未晡。三春心绪总模糊（予卧伤九十日）。梦中乔木都非故。燕子何常识旧庐。　　香已烬，酒难沽。楼台遗恨变丘墟。曾邀开府亲筹策，晞发衰翁痛不如。

浪淘沙又一体

怎消昼永，无端萍梗。闹蛾身世争俄顷。任纷华一霎，笠影帆影车影。　　红尘岂少清凉境，抛荒汲绠。无波我是阑边井。怅心情、付与月冷衾冷香冷。

夜行船·系缆露筋祠畔

傍晓推篷风露冷。系轻舠、绿杨摇影。水驿韶光，荷花世界，碧浸野航笭箵。　　法界整严清昼永。尘嚣远、宝幢春静。金碧雕甍，琉璃盖屋，消受一天烟景。

虞美人

偷声减字春如梦，何处调清弄。安排茗碗自多情，人在垂杨深处听莺声。　　野芳簌簌山花艳，水足鱼虾贱。故人笺寄索题诗，要我朱丝新制柳枝词。

临江仙

晓枕惺忪春梦破,穿帘燕子叮咛。惊魂不定诉飘零。旧时心绪,枨触不分明。　　无奈澧兰千古怨,夕阳散入烟汀。白杨门巷酒帘青。落花如雨,谁与乞仙灵。

小重山

四面朱阑拥画楼。晓风帘半卷、柳丝柔。薰笼斜倚不宜秋。思往事,枨触几时休。　　烟月任勾留。莺啼芳树外,梦悠悠。那年寒食踏青游。钿车过,望断玉搔头。

唐多令·烟雨楼食莼羹

烟水暗寥天,朱阑面面圆。盻高楼、画栋凝烟。一棹鸳鸯湖上路,回望处,影娟娟。　　帆卸暮潮前,流光太可怜。煮莼羹、风味新鲜。想像坡仙三过此,参玉版,试山泉。

一剪梅·山居

茗碗香浓睡起初。窗下摊书,花下提壶。风流往日事模糊。帘角烟疏,屋角云铺。　　暮雨潇潇暗草庐。冷了山厨,乏了园蔬。松枯石瘦客怀孤,水绕菰蒲,愁绕江湖。

行香子·舟次秦淮

帆卸秦淮,杨柳才黄。问南朝、春到平康。钗光钏影,酒兴诗狂。访胭脂井,乌衣巷,大功坊。　　壮志郎当,凭眺苍凉。过长桥、波冷鸥乡。塔残梵寂,城坏山荒。著芙蓉冠,紫丝履,薜萝裳。

青玉案

垂杨乱拂邮亭路,又说是、春归去。似水流年惊暗度。苔侵深院,笋穿当户,燕燕频飞处。　　曝书转瞬天将暮,壁上蛮笺锦囊句。吐出瑶华能几许?断桥流水,夕阳金粉,离绪愁南浦。

蓦山溪·太白楼

翠螺山上,宫锦仙人宅。槛外莽萧萧,拥万怪、鱼龙奔轶。天门开处,九派涌江流,牛渚夜,翘首望,碧落秋阴积。

清平雅调,国色芳华惜。仙乐按霓裳,怅无端、夜郎迁客。荡胸云物,斗酒但浇愁,金阙迥,玉阶遥,对影招明月。

鹤冲天·由西兴次山阴道上,遂至兰亭

柯亭入画,小舫烟波里。箫鼓暮春游,耶溪水。第四桥边路,词人杳,怨歌地。锦段今何似。王谢堂前,燕子飘零如

此。 牛心炙好，坦腹东床易。曲水谩流觞，春修禊。盛会群贤集。兴公咏、交相契。妙墨藏行笥，落水名书，待谁矜赏珍秘。

梅子黄时雨·垂虹亭吊家虹亭太史

春老吴淞，看桑叶正肥，谁采芳杜。有水上津亭，枕流容与。虹气淼茫吞笠泽，夕阳杳霭凝烟树。停鸳杼。本事写怀，苕丽如许。　　追慕。先生何处？只风流接引，当日鸂鹭。任收拾瑶华，生平情愫。头白尚书邀胜赏，负才君岂渔樵侣。词新谱，海外饼金争取。

凤凰台上忆吹箫·荒山避乱，百感填膺，抚序伤怀，望故居而泪堕矣

惜别心情，怀人意绪，无端白了苍须。恁化余猿鹤，剩此孱躯。纵是奄奄衰病，精神减、怀抱如初。提戈起，只因志定，不是心粗。　　踽踽。几升热血，依旧又归来，肯说神扶。痛故居烽火，泪洒吾徒。遄问花梢竹影，应忆我，往日清娱。清娱处、门前乱山，木石同居。

水调歌头·金陵

四百有余寺，楼阁恨倾欹。盈盈一水，画舫谁唱竹枝词。何处景阳宫井，又是春灯燕子，驹隙似飙驰。浪打石头在，啮

尽旧根基。　　莫愁湖，桃叶渡，小姑祠。板桥衰柳，何事烟雨故离披。倚槛清樽翠袖，舣棹玉箫钿笛，唱彻比红儿。楚语教谁听，哀怨不胜悲。

满庭芳·于湖闲眺

画槛当风，残荷浸水，远山翠湿阑干。谪仙人去，明月挂高寒。不信鱼龙万怪，蠏矶上、枫叶飘残。凭轩望，寥天雁阵，隐隐下前滩。　　问当年谢朓，青山筑室，终日贪看。有休文相赏，高踞词坛。笑我孤吟泽畔，相徉甚、抛了鱼竿。繁华梦，吴娘暮雨，锦瑟不胜弹。

满庭芳·题《春江梦影》刻本怀野航

眼底青山，梦中红树，昔年我亦曾游。扁舟一叶，裙屐诩风流。高唱大江东去，横玉笛、调叶梁州。登临处，崄奇磊落，匣底剑光浮。　　新词歌几阕，苍茫凄艳，惊起沙鸥。况涛声岚影，夹袋全收。此日竹西箫鼓，旗亭外，娇啭珠喉。归来也，行装检点，载得许多愁。

倦寻芳·孤山访林和靖故址

翠铺露冷，林麓云消，香袅襟袖。梅影萧疏，不是昔年时候。倚寒香，偎苔径，胎禽三两仙姿瘦。过湖天，访神仙眷属，风情依旧。　　劫灰外、红尘不染，苏小坟荒，珠钿何有。绿野堂边，声势实非吾偶。记得楸枰多俊语，一生清福闲消受。但销魂、叚[一]家桥，一行烟柳。

校记：〔一〕叚，全嘉本作"段"。

烛影摇红·山塘咏怀

诗兴阑珊，胜游眺尽长洲苑。山塘风物正清妍，眉黛春山浅。短薄祠边消遣，访真娘、香埋碧藓。剑池波活，花雨飞残，金乌踆转。　　似我飘零，半生怀抱何曾展。仙风吹下碧云天，梦醒青鸾还。回首云阶月地。认前身、冰轮一片。御风归去，身隐胭脂[一]，悄然萧散。

校记：〔一〕胭脂，全嘉本作"焉文"。

汉宫春

憔悴形容，算今年更甚，常被诗逋。烽烟逼人太猛，哭向穷途。荒村阒寂，尽消磨、俗异风殊。厄酒罢、王孙草绿，笋鞋眺尽平芜。　　卷帙从来未废，怅词坛仙侣，曾共清娱。西州泪、倾袖湿，谁与欢呼。时移世往，黯伤怀、敲碎冰壶。潭影上、凫眠波碧，碧波只许眠凫。

长亭怨慢

又秋气、韶华偷度。四面云山，翠侵窗户。溽暑难消，晚凉徐引向何处？冷清清地，长谢却，儒冠误。不若抚青松，尚远了、莺儿猜妒。　　少住,望乡园隐见,但见极天云树。年时倦侣,好归去、旧巢无数。最怕是、树杪斜阳,怎禁得、萧斋日暮。笑脉望平生,三食神仙何补。

扬州慢·闻鸡

春睡朦胧,夜阑灯暗,近窗一两三声。正劳劳旅客,短梦警长征。又何处、更深起舞,霜凝鸳瓦,铃断觚棱。尽伤怀,宵永环城,吹角行营。　　阿谁击楫,怅中流、波浪堪惊。恨玉斧羁诛,金戈不猛,孤掌难鸣。几处漏残啼晓,难忘处、月落参横。剩桥南茅店,垂杨犹绾离情。

孤鸾·听雁

淮流凄处。正雁路迢遥,十分酸楚。避世何人,怅望引吭叫雨。水云几番宿食,稳苍烟、碧波容与。回首数重绘弋,又悲鸣遵渚。　　任蓼花、芦叶依荒浦。便玉露侵肌,金风徂暑。故国何存,莫唤向来俦侣。稻粱各谋旦夕,但戍楼、角声惊汝。只恐关河险阻,怕孤飞无所。

玲珑四犯·藏舟浦在今城内浅坝,三国魏将张辽袭吴,藏战船于此,与肥水相接。旧传浦内有岛屿花竹,颇为佳境。《舆地纪胜》"刘贡父游至澄心寺"即此

城阙参差,听教弩声中,金鼓何处。乱苇离披,低覆霸图

艛橹。春水昨夜方生，又大道、紫骝飞渡。正柳营羽檄交驰，催起藏舟无数。　　醉吟怀古刘郎句。吊澄心、法宫谁护。萧条岛屿㴇流阔，多少闲鸥鹭。千载石火电光，情纵极、苍凉何补。只几行杨柳，烟月下，抛荒圃。

念奴娇·金陵怀古

郁葱佳气，任寒潮淘洗，陈隋宫阙。百尺浮图金碧影，眺尽青山天末。桃叶香消，莫愁湖浅，芦苇秋飞雪。褚渊袁粲，旧时优劣能说。　　遥望陌上铜驼，西风残照，禾黍高低发。话起留都防乱事，南国诸生呜咽。焰尽春灯，飞残燕子，一桁行云遏。青溪溪上，柳梢还挂明月。

渡江云·筝笛浦在吾乡水西门内，相传魏武载妓船覆于此。陶靖节《搜神后记》云："尝有渔人夜宿，但闻筝笛弦节之音，声气非常。"今河道淤塞久矣

一川流碧玉，夕阳画舫，箫管载名姝。壮心方逐鹿，教弩归来，顾影艳芙蕖。南飞乌鹊，尽风流、铜雀雄图。空复尔、而今安在，折戟拾平芜。　　萧疏，三更渔唱，侧耳风前，只消闲情绪。荒港外、当年环佩，何处氍毹。凝眸望极西陵树，有翠袖、香绡流苏。香已散，秋坟石碣何如。

解语花·盟鸥

秋声断岸，絮冷芦花，菱芡随波远。碧流难返。寒澌杳、

水鸟掠波清浅。渔歌唱晚。伴鸂鶒、群鸥闲散。尘海间、多少劳人,得共风波免。　　何事独舒冷眼。只平生孤洁,谁与通款。荡胸云汉。徘徊处、三十六陂凄断。邀君隐遁。既盟后、烟慵云懒。猜忌蠲、忘却升沉,虽怒涛深稳。

月下笛·饲鹤

赤壁山高,黄泥坂小,夐然何处。孤舟夜[一]、曾梦翩翩旧仙侣。东坡归去琼楼日,偏未驭、元裳缟素。幸荒凉三径,乘轩惠我,被侬留住。　　休去。仙仙舞。纵灶冷厨寒,裹粮酬汝。盘旋岛屿,谩餐人世禾黍。看他横海精神健,应不识、孤山草树。但此别,再相逢云水,又何年把晤[二]。

校记:〔一〕孤舟夜,全嘉本作"孤舟月夜"。〔二〕"再相逢云水,又何年把晤",全嘉本作"再相逢,云水何年把晤"。

水龙吟·龙泉山寺夜宿,留赠谷泉禅师

四山变作新秋,中峰浓绿藏萧寺。连天峻岭,景龙砖在,道场初地。汩汩涓涓,琤琮赴壑,谷音盈耳。看穿阶绕户,清凉妙境,澄心处,磬声起。　　凤尾萧森横翠,黯西风、露华晨坠。闲烹石鼎,几番吟赏,欧阳高致。喷落层层,十三泉味,浮槎相似。又山蔬供客,我来凭眺,羽觞留醉。

齐天乐·蟋蟀,和白石翁韵

文园谩作长门赋。琵琶夜深流语。露下银河,寒生玉臂,

繁响哀鸣何处。伤怀莫诉。又抛尽流黄，织完残杼。落叶无情，一番零乱惹离绪。　　难忘别来旧雨，叹迢迢漏永，愁萦霜杵。北里啼红，西园惨绿，湿了青衫无数。华堂易与。正葛岭金盆，汉皋游女。莫话悲欢，只凄凉太苦。

氐州第一·闻蝉，用清真韵

村坞荒寒，烟树绕屋，寒流独木桥小。带雨嘶残，迎风咽断，余韵枝头飘渺。垂柳无多，变霁景、孤祠斜照。贴水鸰鹁，三三两两，画成秋老。　　我已衰残生计少。敛高致、旧情萦绕。侧杖苍崖，披襟断岸，忍自伤幽抱。谩〔一〕沈吟、添怅望，心悲切、飘然冷笑。梦里声声，搅清眠、缠绵到晓。

校记：〔一〕谩，全嘉本作"漫"。

南浦·怀郭梅卿太守

当歌对酒，记从前、文宴聚华堂。坐上东南名彦，丝笛正传觞。一自布帆无恙。只秋风、别绪绕愁肠。正蟹肥波冷，碧芦摇絮，惊雁度横塘。　　五载与君判袂，皖公山、依旧色青苍。倦客符离品藻，衙鼓夜初长。古道羽书来去，最魂消、归兴更郎当。算岁朝清供，等闲安稳卜行藏。

西江月慢·平山堂吊欧苏两文忠公

春风几度，来系缆、碧波千尺。婀娜柳丝丝，围屏人杳，粉怜香惜。傍画阑、廿四桥头，十三楼外，一轮冰魄。忆那时、第五烹泉，奄冉袭芳泽。　　是太守、文章推巨伯。对北固、云山层叠。白发门生三过此，溯渊源衣钵。听醉翁、雅操幽深，千秋师弟，玉霏香屑。便物换、情往境迁人艳说。

永遇乐·美人对镜

风裊帘钩，茜纱窗底，香奁排遍。珠钿犀梳，圆冰出匣，鬒发如云展。安黄贴翠，菱花光灿，流照几人娇艳。掠轻丝、惺忪靓影，仿佛玉台曾见。　　铸成宫样，妍媸难爽，试认双蛾深浅。宝髻簪花，金钗斜鬓，宛转凭虚现。不能欺处，含颦欲笑，脂粉却污颜面。问从前、谁家画阁，彼姝燕婉。

解连环·送别，用蜕庵留别韵

一天秋色。正金风荡暑，冷侵羁客。骤折柳、高唱阳关，对寒烟万条，碧潭千尺。野色苍茫，助呜咽、数声孤笛。望长空雁过，冒雨冲星，几度游历。　　来宵酒醒耳赤。忆良朋远道，孤征难息。枉撇却、莼美鲈肥，叹波渺湖楼，梦驰山驿。我憩临泉，胜疲马、江南燕北。闭柴门、一琴一鹤，卧游亦得。

望海潮

群芳凋谢，山深柳殒，秋光变了韶华。茅舍爨稀，牛羊日夕，松枯石瘦汀沙。颓岸谩停车，听城闉烽炮，晓夜交加。画轴抛残，载来遗籍在山家。　　停餐一晌咨嗟。便书空咄咄，难与闲邪。湫隘寓庐，消磨岁月，依稀白了乌鸦。银汉七星斜。望哥舒老将，劲旅堪夸。归去何时故居，重整旧篱笆。

薄幸·题吴祭酒《琴河感旧图》

樱桃花下。叹摇落、朱颜瘦损。弄团扇、流光如水，桃叶清歌凄惋。记当初、珍重芳姿，罗敷娇小邀相见。又玉箸[一]添愁，银钩缄恨，金屋铅华过眼。　　仙佩寂、钿车杳，琴调歇、红楼隔断。试问三生石，前身杜牧，暗伤薄幸逢迎懒。莫支柔软。尽飘零、乱绾云鬟，泪与秋波转。青衫憔悴，谩说词人缘浅。

校记：〔一〕箸，全嘉本作"筯"。

一萼红·题阮亭尚书《红桥修禊》卷子

吊屯田。正仙人掌上，流水尚涓涓。摩诘诗人，明湖名士，风流仙吏江天。红桥上、飘零遗老，修禊事、九曲倚阑干。隋苑苔荒，玉钩秋晚，明月高寒。　　记得豪情孤发，听寒涛呜咽，束炬登山。白下莺花，吴宫金粉，夜深疑降真仙。绿杨外、衣香人影，傍山堂、千载两名贤。我向晴窗展玩，犹自缠绵。

八宝妆·盘塘水仙祠,揭曼石先生少日遇神女于此,临别留诗云:"盘塘江上是奴家,郎若闲时来吃茶。黄土筑墙茅盖屋,亭前一树紫荆花。"已而先生归舟所遇,果如其言。予艳其事,因填此词

莲座风和,兽炉香馥,草舍土墙堂宇。珠箔明珰冠佩艳,一片神鸦巫鼓。盘塘江上老农,同荐溪芳,椒馨樱熟登筤俎。春社祭余人散,灵旗天暮。　孤艇棹向中流,倚篷鬓影,素妆仙子来处。记临别、属君过我,望檐角、荆花盈树。又斜照、舟师系舻。水仙祠在留人住,讶脱手新诗,相逢可惜终无语。

摸鱼儿·题文待诏画《浔阳送客图》

盼冰轮、碧空高挂,寒蟾波映初满。光摇荻苇秋江夜,枫冷乱红荒堰。骢唱远,望隐隐、兰舟送客金樽饯。莺娇蝶软。又何处琵琶,销魂一曲,写尽别离怨。　萧娘梦,愁里蛤蟆响断。门前车马都散。伤心嫁作商人妇,回忆妙龄歌板。君莫管。看座上、何人泪湿青衫遍。晴窗试展。有吴苑名流,低徊往事,貌出黛痕浅。

卷三

赵彦伦，字云持，一字云齐，又字云墀，号懿士，道光时人，廪生，同治元年举孝廉方正，旌德教谕席珍子，著有《云无心轩诗集》《香径词》。

凤凰台上忆吹箫·和李易安韵

月满离亭，天荒花国，断肠重问妆楼。正银云横汉，又早清秋。只得临歧数语，相思恨、都付东流。低徊[一]久，似杨花辞树，尚想风留。　　休休。伤心景色，倩龙眠山翠，送到帘钩。任愁生杯底，泪在心头。赢得巢痕新扫，消魂地，省我回眸。何心见、枝名连理，草号牵牛。

校记：〔一〕徊，全嘉本作"回"。
按：见《箧中词》。

王映薇，字紫垣，咸丰时人，诸生，官教谕，著有《自怡悦斋诗存》《漱润斋诗余》。

十六字令·初夏

凉,小簟轻衾卧竹床。芭蕉影,满地月如霜。

十六字令·旅夜

清,上下江天皓月明。孤舟上,万籁静无声。

忆江南·旅情二首

其一

愁无那,三月客江南。蜂恋花香飞款款,燕随絮舞语喃喃。好景客中看。

其二

愁无那,二载客江南。墙外风吹花片片,池中波漾柳毵毵。春色又将阑。

捣练子·春雨

其一

风似剪,雨如丝,冷透帘栊逼玉肌。无限深闺闲絮语,明朝又误看花期。

其二

灯未烬,漏将残,竹弄风声做晓寒。最是离人乡梦醒,那堪蕉叶雨中弹。

江南春

云鬟乱,橹声柔。种花贤令尹〔一〕,画舫聚名讴。清明游客浑如醉,雏女都忘未上头。

校记:〔一〕种花贤令尹,全嘉本作"遨床观太守"。

忆王孙

绿波滟滟草萋萋,春尽王孙去未归,忽见风帆天际飞。卷罗帷,笑倩旁人辨是非。

如梦令二首

其一

准备巫山偷度,误入海棠深处。低语嘱卿卿,指我花间来路。却步,却步,休惹一身花露。

其二

才觅花间归路,又被曲阑遮住。月色太朦胧,酿就满庭香雾。休误，休误，认取小桥西去。

如梦令·旅况

其一

寒食清明过了，却又落花如扫。门外马蹄忙，绿遍天涯芳草。啼鸟，啼鸟，窗外杜鹃声好。

其二

昨夜灯前独坐，理取日间清课。旧事上心来，不觉和衣高卧。风过，风过，竹影摇窗千个。

相见欢·忆别

小桥流水如梭，碧于萝。记得去年相送泛春波。　春再至，归期滞，太蹉跎。辜负鹧鸪终日唤哥哥。

长相思·舟中

酒兴阑，漏点残。柔橹声中过浅滩，轻摇水一湾。　露泙泙，水漫漫。薄薄罗衫怯夜寒，月明人独看。

太平时

准备花朝结伴游，下妆楼。吴侬娇小乍含羞，懒凝眸。

无奈檀郎真似玉，太温柔。如波娇眼鬓边流，暗相勾。

醉公子二首

其一

晓起开妆镜，慵掠双蝉鬓。倦倚小红楼，珠帘未上钩。薄粉轻匀面，唇点新脂艳。含笑问檀郎，樱桃若个尝。

其二

斜傍娘行立，杏眼波如滴。摇动素纨风，香生茉莉浓。款款移莲步，似识茶园路。风揭翠裙开，双钩露凤鞋。

丑奴儿令

不情最是天边月，缺也凄凉，圆也凄凉，照得离人两鬓霜。　　低头悄问身边影，才到家乡，又到他乡，到处随侬为底忙。

按：见《箧中词》。

黄莺儿·自题别墅

阅世厌炎凉，爱卧游，学坐忘。云山泉石闲供养。书满青箱，诗满奚囊。　　候虫时鸟相酬唱，倚匡床。松风竹韵，清梦落潇湘。

眼儿媚

掉舟重访白门秋，白了少年头。最难堪处，秦淮残月，旧院荒丘。　　飘零湖海今休矣，洗尽六朝愁。不须题起，绿波画舫，翠袖红楼。

西江月·雪美人

昨日天公玉戏，将侬误谪尘埃。冰为肌骨玉为胎，小立梅花窗外。　　明被太阳收去，暗随流水归来。香肤销瘦委阳台，依旧超升仙界。

西江月·春柳

几日东风似剪，裁成杨柳如丝。千般袅娜映春旗，镇日三眠三起。　　青入东君眉黛，瘦分南国腰肢。红闺少妇动离思，谱入阳关曲里。

西江月·赠蒯子范幼孙长生

骨秀肤丰堪爱，凤毛麟角同珍。眼波灼灼净无尘，辗转双眸不定。　　曾侍玉皇香案，谪来慧业文人。香山居士是前身，试取之无相证。（长生刚七月）

浪淘沙

岁月易蹉跎，两鬓都皤。欢娱时少病时多。况是衰年犹作客，历尽风波。　　拥被漫吟哦，问夜如何。好春半向雨中过。断续残声惊短梦，滴向心窝。

浪淘沙

二月嫩寒天，草碧如烟，杏花红放竹篱边。更有寻巢新燕子，絮语帘前。　　作客竟忘年，到处流连。惺忪残梦不成眠。忽讶春光过已半，悔未归田。

浪淘沙·七夕

云锦色空妍，巧思谁怜。人生难得是金钱。藉使当年偿帝聘，早渡河边。　　银汉向空悬，灵鹊平填。一年一见是前缘。只有姮娥输却我，夜夜孤眠。

浪淘沙·小园即景

叠石拟螺峰，绿树阴浓。苔痕新衬落花红。池面浮沤浑不定，细雨溟濛。　　凉气逼帘栊，倦倚熏笼。支离瘦骨怯东风。睡起凭阑看柳色，春去匆匆。

一剪梅·白衣禅院

戎装偶解憩僧寮。花影相招,竹影相招。傲霜秋色太红娇,诗笔难描,画笔难描。　　奈何人度可怜宵。风也潇潇,雨也潇潇。惺忪归梦不坚牢,醒也无聊,睡也无聊。

一剪梅·春阴

雨洗山光绿映亭。冷透瑶琴,色润窗棂。恼人莺语太丁宁,宿酒无灵,客梦初醒。　　池上垂杨舞不停。态似多情,眼似留青。旅愁难遣昼冥冥,醉倒银瓶,倦倚云屏。

临江仙·江上阻风

载酒湖山佳处去,大江滚滚东流。打头风恶滞归舟。湿云双袖冷,明月一肩愁。　　回首蒋山青未了,六朝金粉勾留。客怀乡梦两悠悠。相思红豆骨,无那白门秋。

按:见《箧中词》。

行香子·闺情

懒画眉儿,懒点唇脂。对妆台、乱挽青丝。低拈罗带,不语移时。有几分愁,几分病,几分痴。　　怕说归期,怕惹相思。到春来、瘦损腰肢。熏笼倦倚,脉脉支颐。想眼中人,心中事,梦中诗。

青玉案·旅况

恼人最是黄昏候,况又际、初冬后[一]。城头鼓角声声骤。雁阵悲鸣,鸦盘起舞,那管人销瘦。　　隔帘风送轻寒透,对倚壁、青灯如豆。欲理归装归未就。好梦难成,离情易动,点点听残漏。

校记:〔一〕"况又际、初冬后",全嘉本作"况又初冬后"。

满江红·赠李中丞

岁在龙蛇,叹十载、运丁百六。幸今日、貔貅直下,鲸鲵就戮。航海风轮驰日月,震天火炮鸣山谷。喜东南、徼外尽来宾,如天福。　　持筹算,照如烛。迎刃解,破如竹。是隆中诸葛,禁中李牧。唾手夺回吴越地,赤心推置蛮夷腹。比当年、三箭定天山,何其速。

满江红·赠刘军门

屈指群英,谁似子、壮怀激烈。论气概、喑呜叱咤,风云变色。花下清歌桃李艳,酒酣狂叫肝肠热。临疆场、怒发上冲冠,双眦裂。　　跳梁丑,急须灭。敌国愤,尤宜雪。看仰天长啸,椎心泣血。负固天骄螳臂奋,妄尊井底蛙声彻。待他年、仗剑斩楼兰,图麟阁。

满江红·感怀二首

其一

雪鬓霜髭,问底事、头颅若此。误认却、读骚饮酒,便称名士。十载干戈惊噩梦,一身萍梗随流水。算年来、六十已平头,虚生耳。 莫想把,荆轲匕。何须鞁,侯门履。但滥竽南郭,吹箫吴市。世路茫茫无定局,眼中碌碌皆余子。将功名、付与后来人,吾衰矣。

其二

顾影自怜,空白了、少年须发。辜负却、黄衫侠骨。青萍剑锷。病体已随围带减,刚肠犹作残灰热。击唾壶、高唱老瞒诗,声悲切。 狐兔辈,何时灭。貔貅士,何时撤。叹中原销尽,万民膏血。回首江南花月夜,惊心塞北关山月。愿从今、高举唳长空,辽阳鹤。

满江红·感怀

卓矣林公,痛防海、奇勋未就。致今日、京都逼处,腥膻遗臭。膏血尽成淫巧器,人民渐入奇邪彀。藉通商、谈笑蹴中原,何其陋。 江与汉,任遛逗。肘和腋,伏戎冠。看豺狼当道,舟车辐辏。切齿应怀家国恨,捐躯谁复山河旧。破天骄、东海戳[一]鲸鲵，天须佑。

校记：〔一〕戳，全嘉本作"戮"。

惜余春·客中苦雨

雨密如丝，天低似幕，壁上苔痕成绣。盆花泣露，无限绿肥红瘦。任你长眠短眠，欲睡还醒，怎消清昼。　　镇日侬[一]骨瘦疑柴，腰围减带，说病病都成就。两鬓霜添，一江波阔，回首乡园非旧。慢道新愁旧愁，我便无愁，难禁更漏。眼巴巴、盼到天明，却又风狂雨骤。

校记：〔一〕侬，全嘉本作"价"。

念奴娇·贺蒯翰卿完姻

清明过了，正海棠睡足，浓妆时候。月影花香争艳处，省识绿肥红瘦。宝帐春浓，玉楼人静，响滴莲[一]花漏。彩毫吐艳，催妆佳句应就。　　漫道一刻千金，今宵论价，岂只千金售。却扇相逢成一笑，认取个侬依旧。料得明朝，双眉代画，展放春山绉。明年今日，啼声初试凤咮。

校记：〔一〕莲，全嘉本作"连"。

一萼红·蒯子范以惠泉见贻却赋

雨初晴。正幽斋岑寂，午梦睡才醒。鸟语参差，蛙声断续，槐阴绿浸中庭。窗乍启、帘波荡漾，引炉香、烟篆出疏棍。草色迷离，苔痕错落，竹影珑玲。　　我似相如消渴，忽惠山泉到，味胜中泠〔一〕。煽以微风，煎凭活火，大瓢贮满铜瓶。添几许、诗情画意，浣愁肠、俗虑一时惺。更喜荷池花放，风送微馨。

校记：〔一〕泠，全嘉本作"冷"。

一萼红·鱼舫题壁

绕长廊。趁漪漪翠竹，芳径一条斜。斜树阴浓，花红香满，嵚崎怪石权〔一〕枒。帘启处，河亭小住，灿琉璃，五色漾云霞。六曲红阑，一湾碧水，半舫渔槎。　　试上前亭远眺，有青山对面，苍翠交加。洗眼云中，昂头天外，都忘尘市纷华。谢太傅，东山丝竹，抵草间、两部鼓声挝。那及闲情垂钓，冷淡生涯。

校记：〔一〕原文作"权"，疑为"杈"之误。全嘉本作"杈"。

沁园春·蛛网

渺尔么〔一〕麽，面目可憎，到处为家。惯依人檐下，网罗满布，藏身暗里，渔猎生涯。密密疏疏，斜斜整整，后后前前四面加。有几许，见游蜂浪蝶〔二〕，误被牵拿。　　闻他灵性堪夸，向乞巧中庭字篆蜗。果经纶满腹，应登台阁，杼机在手，组织云霞。乃设阴谋，专戕同类，鬼蜮情形影射沙。但祝尔，遇狂花飞絮，莫漫相遮。

校记:〔一〕么,全嘉本作"幺"。〔二〕见游蜂浪蝶,全嘉本作"游蜂浪蝶",无"见"字。

贺新凉·中秋石跋河阻风,同徐易甫作

澎湃江豚舞。听两岸、萧萧瑟瑟,芦花欲语。便欲乘风归去也。无那石尤相阻。知今夜、月明何许。桃叶渡头双桨乱,醉红裙、画舫鸣箫鼓。歌子夜,相侬汝。　　江神留我将何补。应也为、风清月白,江山无主。一曲狂歌三尺剑,认取英雄眉宇。试遥望、江边牛渚。载酒袁闳何处去,只一轮皓月今犹古。向谁把,心肝吐。

贺新凉·爆竹

平地春雷起。蓦然间、一声霹雳,震惊乡里。陡觉烟云生足下,吓得邻人掩耳。看个个、穿红著紫。空洞此中无一物,藉虚声、博得当途喜。竟腾贵,洛阳纸。　　而今到处纷纷是。也一样、烟消火灭,声吞气靡。回首当年煊赫处,付与东风流水。剩几许、未烧残尾。复被儿童收拾去,燃〔一〕寒灰、重使施余技。怕零落,长安市。

校记:〔一〕燃,全嘉本作"然"。

贺新凉·贺张振轩纳姬,七夕后四日作

采凤云中下。畅好是、月明如水,秋光如画。贯月槎乘天上客,不用鹊桥高架。看银汉、红墙低亚。灿烂七襄云织锦,

咏于归、百两从君迓。巢有鹊〔一〕,鸠能藉。　小星喜得红鸾跨。有月老、赤绳系足,殷勤劝驾。好助张郎眉妩笔,博议新翻佳话。愿明月、柳梢长挂。代祝今宵更屡闻,拚〔二〕千金、一刻酬春价。莲花漏,海同泻。

校记:〔一〕巢有鹊,全嘉本作"鹊有巢"。〔二〕拚,全嘉本作"拼"。

赵锡璜,字子鹤,咸丰时人,诸生。

明月生南浦·题钱塘袁竹畦起《画延年室词稿》题辞〔一〕,步钮西农先生原韵

如此才华今见几。腻柳豪苏,一例增奇气。姓字骚坛闻早寄,等身著作曾刊未。　画壁旗亭犹末技。宦迹名场,都入宫商里。手把瑶编灯畔倚,游踪南北分明记。

校记:〔一〕题钱塘袁竹畦起《画延年室词稿》题辞,全嘉本作"题袁竹畦《画延年室词稿》"。

阚凤楼,字仲韩,同治时人,附生,官江苏奉贤县知县。

金缕曲·阅亡女德娴遗草

我本伤心者。念此身、沉沦悼怆，泪珠盈把。文字缘深天已妒，不合灵通自写。仍隐累、儿曹风雅。息女何知耽翰墨，尽词林、学舌邀人骂。还福折，岁年也。　　遗婴涕共杯棬泻。只异日、零笺剩迹，教同封鲊。丝茧才抽蚕便死，血思缠绵并洒。迫荀令、香销愁惹。谋为昙华留幻相，步名媛，几许辞章下。权憾释，布聊且。

王尚辰，字北垣，号谦斋，咸丰时人，贡生，官翰林院典簿，著有《谦斋初、二、三集》《遗园诗余》。

十六字令·小眉楼观剧二首

其一

欢，听到梅枝字字酸。回眸顾，红泪落无端。

其二

瞋，薄醉佯羞莫认真。雕梁燕，絮语罥何人。

十六字令·书家书后二首

其一

寒,桐叶吟风下井阑。秋声起,应念客单衣。

其二

眠,归梦难成夜似年。凭阑望,乡月又将圆。

十六字令·同刘静皆探花、文云阁中翰、曹赓笙兵部、张霭卿观察、王子诠布衣饮函碧楼,戏拈词调,聊供一噱四首

其一

骄,红晕梨涡印未消。秋波媚,真个殢人娇。

其二

娃,双髻盘云鬓覆鸦。探芳信,谁解惜琼花。

其三

愁,容易金风又送秋。红窗迥,飞梦过秦楼。

其四

豪，赢得狂名署老饕。倾杯乐，笑破点樱桃。

醉太平·题傅青主先生墨迹

雄浑入神，支离率真。是羞学赵王孙，吁嗟乎孟津。
墨痕泪痕，唐人晋人。霜红龛里遗民，所南翁后身。

减字木兰花·丙戌花朝，丹徒李亚白将赴京都，过别

玉梅绕户，把盏留君君忽去。后会何时，垂老依依恨见迟。　　金焦梦杳，话到游踪增懊恼。如此江山，词客饥驱且未还。

减字木兰花·壬辰天中节，李丹叔过饮，分咏榴花

嫣然欲语，料得红裙羞见汝。率意壶飧，忙唤鸱盘洗瓦樽。　　文场战处，快夺锦标雄似虎（棻儿泮捷）。燕喜簪花，绿映庭槐发旧桠。

好事近·中秋桂树下作

庭院悄无人，强把金尊消渴。底事砌虫如诉，问侬愁谁说？
木犀香散夜蝉初，灯隐画帘押。睡起一身花影，抱满怀明月。

忆萝月·乙酉春分日,晚登松风阁看梅

巡檐一笑,倚竹寒犹峭。袖底偷窥眉月小,花也如人瘦了。　　香风轻扑帘旌,明朝天气宜晴。数点洗春雨过,者番红透酸情。

清平乐·盆中红梅花作[一]

绮窗春透,风暖梅香逗。索笑频年人似旧,点额偏怜红瘦。一枝聊慰相思,传来芳信谁知。眉月窥帘如画,消魂又近花时。

校记:〔一〕盆中红梅花作,《箧中词》作"盆梅作花,词以宠之"。按:见《箧中词》。

眉峰碧·遗园大理石屏,高一尺九寸,宽二尺六寸,一题"苍山秋霁",一题"鸡足夏云",款署"石画轩珍藏",真绝妙山水也

云气生虚壁,岚翠浓如滴。可是前身鸡足僧,早结下、烟霞癖。　　月石留吟席,雪浪寻残迹。何似苍山一片峰,阴晴变态分朝夕。

画堂春·瓶荷孕香,午梦初觉,偶牵旧事,聊写新声

碧云瀚树补窗虚,红尘不到瓜庐。清风一枕梦蓬蓬,自拥青奴。　　水阁新凉浴罢,隔帘记串真珠。荷衣香颤月明初,

吾爱吾藁。

人月圆·元宵节后见月

春光酝酿琼霙好，人日到元宵。乍传风信，暗催月驭，早上云霄。　　笑占灯影，红薰花气，绿泛香醪。不知老至，探官卜茧，且学儿曹。

桃源忆故人·孙瑶轩外舅有塵尾一柄，内子取以相赠。曰："此吾家物也，今三十余年矣。"遗挂在壁，情何以堪

碧梧碍日阴连缝，障隐青纱谁共。赖尔谈锋欢纵，记触钗头凤。　　瓶荷红颤香风送，窣地无人帘动。此景此情如梦，蛩语心尤痛。

柳梢青·咏新柳

青归何处，者番乍见，纤腰蛮舞。眠起无人，眉言眼语，为侬偷露。　　红阑恰好遮护，怎禁那、寒飔暗怖。叶可藏莺，絮能乳燕，莫将春误。

早春怨·梦园过访未遇，投以新词，倒用少游韵答之

日暮归家。门迎冻犬，树稳栖鸦。偶过南邻，敲棋啜茗，咫尺天涯。　　呼僮快剪灯花。讶满纸、烟云势斜。春暖风和，同携柑酒，拾翠金沙。

荷叶杯·雪夜题盱眙汪湘筠女士残草

神出零星遗墨，凄绝。偻指溯当时，万松深处绿云迷，此境若翁知。　自古恨天难补，怜汝。垂老过南园，一灯风雪酒频温，咏絮共谁论。

沙塞子·庚寅春暮亚白重来肥上喜赠

柳阴一曲蘸清波。城南角、草绿坡陀。问谁识、赤阑桥畔，白石行窝。　廿年足迹走关河。负奚囊、访旧重过。只赢得、别离滋味，甜少酸多。

沙塞子·题亚白《缝月轩词》，仍依原韵

一庭花影浸帘波。倩锦瑟、低按清歌。最难遣、晓风残月，不乐云何。　平生心血尽消磨。谱宫商、独自吟哦。愿沾丐、剩膏残馥，却患才多。

红窗睡·十八夜对月，水仙盆梅竞放，小饮达旦

夜静虚窗寒料峭。灯欲烬、月儿飞到。碧翁休把嫦娥恼，比圆时还好。　雨雪今年花信杳。难逢著、梅兄作伴，香和梦老。倚红偎翠，冷吟生怕晓。

卖花声·清明[一]

小鸟自呼晴,午梦零星。浥西旧路怕经行。热泪渐枯青塚瘦,泪亦成冰。　　强起上空亭,烟雨冥冥。谁家风咽玉箫声。看到梨花香雪冷,又是清明。

校记:〔一〕卖花声·清明,《箧中词》作"卖花声"。
按:见《箧中词》。

浪淘沙·新得铜剑二枚,度以周尺,长二尺强,广寸余,镡上夹内凸起,形如腰米,似字莫辨,一柄首折寸许,腊上有"永昌元年"四篆书。古色斑驳,东晋时物也,题此写怀

挂壁敛寒风,冷翠消红。一杯借汝论英雄。书卷炉香闲伴我,恩怨都空。　　斫地溯从戎,千马争锋。楼兰未斩恨无穷。不分光芒犹射斗,恐化双龙。

曲入冥·辛卯重九,买舟由柳浪桥循白堤至孤山,登放鹤亭,折入三潭,晚饮漪园。青山红树,如在画图中也

楼阁拗玲珑,画也难工。新红添染几株枫。佳日招来鸥鹭侣,闲泛青篷。　　天水荡清空,雨态云容。剥菱煮芡话西风。大好四山苍翠影,流入杯中。

鹊桥仙·甲申送春日，友人归自越南军。次晚饮牡丹花下，醉后按拍，恨无铁笛吟风，为花神蠲忿也

斜阳乍敛，东风更紧，万蕊千葩看尽。曹腾又到饯春时，笑北胜、屡乖芳信。　　凌朱妒白，飘茵坠溷，不分老红成阵。绿章无路叩通明，怪化碧、空添新恨。

唐多令·己丑初秋将赴沪渎，先寄所怀

珠露晕还流，罗云淡不收。为贪凉、忘下帘钩。似有木犀香过处，寻断梦，拥轻裯。　　久别意绸缪，书来拟放舟。诉欢惊、合在中秋。依旧笑桃人面好，花弄影，月当楼。

唐多令·癸巳首夏，吴彦复主事自庐江过，小园留饮

十笏旧山房，鸿泥印几行。卅年前、请祀寒裳（癸丑令祖太仆公住此）。弹指纪群皆宿草，书咄咄，恨茫茫。　　老竹竞抽篁，孤花晚送香。石床鹤梦冷斜阳。读画弦诗欣有子。羹骨董，醉谟殇。

南楼令·中秋京江泛月

身世似沙鸥，飘飘惯浪游。趁归潮、又过瓜州。寂寞鱼龙呼不醒，怎淘尽，此生愁。　　月影漾中流，孤帆夜未收。料有人、遥忆江楼。天上凉云天下水，又变作、一年秋。

醉春风·闲情

不奈寒宵永，灯残犹弄影。偷寻香梦拥鸳衾，醒。醒。醒。杨柳风前，海棠花下，泥人觞咏。　　雨迹云踪冷，水驿山程迥。别来鱼雁屡愆期，幸。幸。幸。闲解连环，戏裁方胜，识伊心性。

淡黄柳·秋晚寻赤阑桥遗址，次白石韵

城阴巷角，疏柳青连陌。惹起西风心转恻。我亦江南久别，秋燕归来可曾识。　　暮喧寂，行吟自忘食。二分水，半弓宅。看颓阳、淡闪寒鸦色。梦断箫声，小红何处，无那情丝蘸碧。

酷相思·夜忆

小酌孤吟斜月坠。怪残蜡、生红穗。猛回忆、欢场心已醉。画不尽、春山翠。溜不尽、秋波媚。　　几日金风啼络纬。顾影自怜憔悴。更无赖、新凉添半臂。漏欲尽、人难寐。愁欲尽、书难寄。

感皇恩·癸未元日遗园题壁

麟阁耸云霄，梦耶到难。一枕偏怜蝶庵好。纷纷棋局，笑问何人能了。肯容吾辈问，天分晓。　　乘势得时，致身须

早。铸错今生向谁道。自书春帖,过客休题凡鸟。醉倾蓝尾酒,堪娱老。

千秋岁·除夕

一年将尽,喜早传春信。冰欲解,寒偏靳。柳梢青意懒,梅蕊红情晕。聊遣闷,此生愿学蜘蛛隐。　　霜色将侵鬓。花甲惊俄瞬。翻日历,推时运。自知身世拙,枉把皇天问。须俟命,龙蛇蛰处同蚯蚓。

探芳信·寄刘树君观察扬州

约园客。自岭峤抽身,邗沟买宅。数四朝名辈,多半旧相识。寓书三拜曾倾倒,为仿簪花格。恨频年、载酒江湖,未亲颜色。　　头白板羞拍。仅赢得狂名,浪传香国。偻指题襟,啸歌处、都陈迹。销寒听说联吟侣,雅集兰亭室。忆扬州、梦觉风前一笛。

一枝花·题黄忠端公为方孩未中丞书《洒心诗》墨迹

露泣金仙走。棘卧铜驼仆。判孤身进出、虎狼口。计飞檄勤王,徒负擎天手。此局输难救。叹水剩山残,空咏渐渐麦秀。　　忆石室、凝神伸肘。浩气频驰骤。羌奴书姿媚、羞研究。看三折藏棱,留数行奇构。墨舞蛟龙斗。笔力千钧论大节,河山同寿。

满江红·题梦园《百枝一植》行看子

翠柏拿空,疑挂处、风生四壁。看我友、科头箕踞,啸歌自适。斑驳甘容虫蚁蠹,阴森独许鹓鸾集。莫怪他、潇洒不犹人,乔松匹。　　柯如铁,根如石。雨露养,烟霞癖。羡髯翁无恙,是神明力。古色斑斓偏耐老,曾枝蕃衍生来直。问彼苍、留此栋梁材,噫谁识。

满江红·题颖州赵椒谷广文《梅花怨传奇》

十六年前,曾过访、聚星堂下。穿曲巷、瓜庐幽僻,竹篱疏野。咏雪空寻清颖梦,听琴每忆秋窗话。对晓风、残月更消魂,知音寡。　　英雄泪,频偷洒。忠孝事,争传写。想舞衫歌扇,神情如画。乐府新缮声调谱,才人顿长旗亭价。问何时、顾曲按红牙,杯同把。

满江红·吾邑西郊八里岗农人锄地,日中白气自草根出,掘尺许,地陷中空。若地道,不知何人墓也。惧而封之,获殉器数种。余以万钱购一镜。中央圆纽,方图十二乳,篆十二辰名,内层八乳,每格饰神禽异兽之形。外层铭词五句,极秀逸,上"孙"字均反古,钟鼎多此体。边作截业文,间以水波活碧鉴人,不露铜质。持示复堂,曰:"此汉尚方十二辰镜。《博古图》入天文门,为第一器。"精致完好,洵希世之珍,喜赋此阕,希海内好古者和焉

匣冷蛟龙,忽吐出、一丸冻月。碧渰渰、水云轻沤,土膏

微啮。绣浪潆洄菱叶细,清光净砑瓜皮滑。二千年、埋照少人知,西京物。　　金碗见,玉泉竭。魑魅走,鱼灯灭。问名姝豪士,几曾留迹。影事翻愁花孕涕,策勋转讶头如雪。笑而今、作镜欲持荷,凭谁说。

满江红·腊八日泊舟劳劳亭

听水听风,又系缆、劳劳亭下。曾几辈、酒龙诗虎,高谈王霸。书剑随身鬓须改,旌旄过眼沙虫化。问天公、留得一闲人,何为者。　　西州泪,无须洒。南渡恨,无从话。且逍遥尘海,任呼牛马。梦破荒鸡声起舞,愁招艳月眉同画。尽负他、梅柳渡江春,侬归也。

满江红·小除夕接郭甥长女永康来书,喜答

我恋婿乡,转料到、婿乡恋我。最难忘、旅馆孤灯,寒宵兀坐。眠食晨昏违定省,江湖风浪愁颠簸。祝衰龄、岁暮早还家,眉常锁。　　一纸书,勤封裹。千里路,遥申贺。想左图右史,壶中高卧。棋局钩针添韵事,酪奴烛婢征闲课。笑人生、七十古来稀,花三朵。

玉漏迟·遣怀

俗情如弃唾。壶中日月,萧然高卧。非惠非夷,万事听天而过。任尔云翻雨覆,更笑尔、糠秕扬簸。忙甚么、鼎钟勋

业，此生偏左。　　琐琐马勃牛溲，被药笼收来，反称奇货。滑稽脂韦，入世有何不可。窃恐林惭涧愧，剩一个、闲人难做。名利火，西风慎毋污我。

金浮图·五星寺僧素题《松鹤图》

莫饶舌。空门寂灭。忍著袈裟，独携瓶钵。问金身、几历庄严劫。野水孤舟，记访洇津残刹，断烂葛藤难割。蒲团坐稳，好把心香爇。　　临济喝。石头路滑。白鹤苍松，皎然诗诀。菩提悟出空明月。欢爱贪瞋，到此缘都绝。我亦喜参净业。拈花一笑，自有如如佛。

长亭怨慢·仲修大令月下过访，余病酒未出，归赋《壶中天慢》调之，隔日谱此，兼订后约

尽消受、一庭清景。翠玉摇空，绿阴分暝。逭暑孤吟，此中真意、问谁领。使君韵胜，偏忘却、柴门迥。小径旧曾谙，有澹月、独窥人影。　　乘兴，拟胡床坐啸，仰视碧天云净。狂奴病酒，早飞上、松巅巢饮。且看竹、自绕回廊，笑闪闪、流萤无定。记践嫩苔痕，预约秋声同听。

扬州慢·答黄子鸿司马寄怀原韵，兼柬汪研山茂才

三月烟花，中年丝竹，与君酒盏争飞。更推襟送抱，使久客忘归。最难遣、娉娉袅袅，眼波流媚，眉月扬辉。奈欢场，

云散当时，莺燕都非。　　扬州梦好，叹于今、朋辈音稀。想绮语柔情，风流黄九，霜鬓低垂。为问桃花潭上，青莲后、可有人知。谅邀来三影，清谈闲话炉灰。

锁窗寒·子箴过访，并示新词和答

古鼎留香，唐花吐艳，是怡情处。壶中梦醒，兀自耐寒肩户。醉醺醺、涂鸦兴浓，猛然槛外闻君语。怪昨朝过莱，嬉春泥滑，独来今雨。　　阴洼。天疑暮。旦煮茗清谈，隔年又晤。词筒数纸，为寄邗江吟侣。念题襟、风雅渐稀，辋川倡和吾与汝。待山亭、玉蝶飞英，洗盏联欢句。

锁窗寒·梦园食品甲肥上，同人愧无以报，争愿醵资就饮，仍用前韵质之

屑蕊炊香，虀金脍玉，口涎漫吐。生甘素食，聊咏长公饕赋。羡郇厨、烹炙更精，咄嗟窃笑吾乡土（俗语不佳者为土）。愿饷钱卜饮，羹材援例，请君分付。　　宾顾。难为主。恐起溲牢丸，未堪下箸。萧斋趣冷，折简休书空肚。讶盘餐、兼味尚无，忍饥炼鹤何自苦。问翰林、可嚼菜根，胜凤胎鸾脯。

无闷·雪霁，松风阁晚眺，仲修有感，余亦继声

目眩冰山，呼酒暖寒，高阁真宜我辈。看倦鹤难翔，昏鸦思睡，犹剩危阑瘦日。映稚柳、娇黄尤憔悴。停琴不语，飞鸿

送响，暮天无际。　　曾记。昔年事。怪战罢，玉龙碧翁游戏。听一笛吟风，暗弹铅泪。莫话琼楼玉宇，恐冻合、瑶池忘归矣。倘海上、推出金轮，大地劫尘如洗。

壶中天·梦饮子严梅树下，赋此代柬

故人何处，海西头涌出，团团明月。东去长江千里共，遮断暮云万叠。记过珠湖，戏占灯影，客路逢佳节。离亭风笛，柳绵吹起如雪。　　别来两鬓星星，暄凉异态，近状无从说。料得梅移春信早，含笑一枝羞折。蝶梦圆红，蚁醅晕绿，软语欣相接。玉山颓倒，吟肩多恐香压。

齐天乐·柬梦园扬州

十年未踏扬州路，因君转牵孤抱。冷墅探梅，荒祠折柳，吟遍隋堤芳草。春光过了。问粉褪香消，断红谁扫。杜宇声声，等闲啼起恨多少。　　竹西亭畔梦好。坠欢图再补，骑鹤重到。瘦沈愁潘，髯参短薄，料得樽前绝倒。青娥易老。傍水软山温，赎来魂小。半不分明，侬今犹懊恼。

水龙吟·听雨

宵来中酒微醒，一灯如豆光逾炯。烟昏月晕，房空胆怯，剪刀风冷。斜倚薰笼，重温香梦，闲扶花影。忽草堂星暗，瓦沟雨响，雄虹见，雌雷殷。　　兀自强浇苦茗，笑世事、阴晴无定。料得明朝，提壶枝上，催开银杏。珍重韶光，少年惨绿，易成衰病。记醉携红袖，刻残翠烛，小楼同听。

忆旧游·春晚过筝笛浦

奈飘来絮影，瘦损梅须，孤负春光。万绿亭如画，记传柑递酒，艳说埋香。阿侬昔年狂态，潇洒似垂杨。恁玉笛搴云，银筝沸月，判老欢场。　　茫茫。啸歌地，又断镞沙沉，野水蒲荒。鸥鹭闲来往，问笑桃人去，谁识崔郎。但见夕阳残堞，风旋菜花黄。怪燕子真痴，衔泥犹自寻画梁。

安公子·壬午九月梦园自扬州归，出示新阕，要余和之，用放翁韵

恨结鸳鸯社。春风一笑夭桃谢。镂翠雕红，空咏到、荼䕷满架。画舫琼箫，又泊虹桥下。寻胜侣、风月都增价。想碧纱笼处，重访当年台榭。　　归棹何迟也。袖中别有新诗帕。老眼看花，难遣受、更残歌罢。小院秋声，香梦惊檐马。犹记他、乍见生人怕。剩满腔离绪，除却知音谁话。

雨淋铃·题旧藏秦淮女子画兰帕

青溪呜咽，听箫声、想起旧时月。轻烟澹粉如画，瓜皮艇子，留侬觞别。袖拂冰绡忍泪，仿湘兰生活。待唤作、桃叶桃根，脉脉含情倩花说。　　珍珠小字黄庭诀。并才人、绮语称三绝。琴书久矣灰烬，偏此帕、独存巾箧。老尚多情，偻指欢

踪，未免肠结。恨不得、重现花身，入梦香魂接。

一萼红·丁亥中秋留桂轩觞月

醉留髡。正新凉天气，无处不销魂。莲漏沈沈，蕉阴寂寂，炉烟犹抱帘温。讶户外、三星宛在，倚锦瑟、回想旧风神。惨绿都非，题红谁属，只合修真。　　别有夷歌蛮舞，怪蝉纱笼雾，螺髻堆云。恨海难填，情天易老，月儿可证前身。听隔院、蛩音如诉，笑流萤、飞入误窥人。为问木樨香否，梦觉无痕。

薄幸·歌伶才宝色艺冠一时，客岁秦淮，侑洒[一]宠之，以诗濒行袖罗帕见贻。后闻归某帅，谱此写愁

灯阑茶话。剪不断、情丝暗惹。计青鸟、西飞未久，此信还疑是假。忆昔时、滴粉搓酥，纤纤袖底侬频把。看桃叶迎欢，杨枝赠别，妒煞钗头倒挂。　　深惜那、沙吒利，环旧院、重新水榭。料玉笛音沉，画屏秋冷，一弯眉月窥椴罅。离痕难写。问何来、僀雨僝风，转替花魂怕。啼红梦醒，犹有香余绣帕。

校记：〔一〕洒，原文为此字，疑为"酒"之误。

击梧桐·张午桥观察约诸韵友于榕园结消寒词社，以新得梅蕴生孝廉旧藏稺琴分咏索和，用韵寄怀

君本知音者。风雪里、传到榕园佳话。慨俚哇盈耳，广陵

散久矣，声稀和寡。梅仙入梦，嵇琴得所，冥报非关例谢。溯响泉遗事，且命酒速客，消寒联社。　　麈尾同悬，画叉并挂，更喜花枝低亚。料笛慵箫倦，抚玉軫、别有深情难写。弹指清交云散，绿阴眠处，记柳梢月下。剧怜他、风流三影，神韵如画。

长寿乐·重九后四日梦园归自扬州，投以新词，和答

荒园胜事。扫萝径、闻道良朋归矣。绀叶烘霞，黄花挹露，妆点秋容尤丽。计重阳、前后多恐，风雨稽邗水。怅经年小别，孤吟隐几，忽檐端鹊噪，翩然苍止。　　管城子。兴遄飞、老去词华云绮。更得金丹妙诀，炼就文心诗髓。笑浮生、万事如剧，谁解观空耳。趁芳时、且向东篱共醉，谓顽仙漫叟，旁人错比。

陂塘柳·复堂征题《斜阳烟柳图》，取辛词以寄慨。余倒用原韵质之，度亦云"非我佳人，莫之能解也"

问丝丝、绘残烟影，留春春在何处。隔帘遮莫斜阳卷，吟到落花心苦。香化土，忍见那、纤腰拗作杨枝舞。清樽漫诉。怪燕燕莺莺，风风雨雨，故故把人妒。　　重来也，不仅夭桃笑误，行踪漂泊如絮。封侯梦醒红颜老，玉笛一声无语。湖上路，可记得、黄金万缕牵难住。韶光有数。尽水水山山，朝朝暮暮，草草遣春去。

沁园春·书江待园诗后

癸亥初春,来访西枝,错认别村。记溪坳风紧,炊烟出树,履穿泥滑,冒雪敲门。芋火团红,蔬盘剪翠,扫榻开樽共论文。分襟后,怅屋梁落月,踪迹浮云。　　壬申将赴天津,我绕道枞阳为送君。说沧桑小劫,旧游如梦,颠毛渐秃,远别销魂。岳色江涛,骊歌帆影,独立苍茫夕照昏。寻遗墨,对寒灯默诵,趣冷愁新。

貂裘换酒·雪后饮蜡梅花下〔一〕

雪又飞花也。不数他、绡金帐里,按歌传斝。曾记寻梅闲觅句,翠袖冲寒强把。倚瘦竹、丰神尤雅。冻羽嘈嘈惊梦醒,喜窥人、眉月疏枝挂。添一幅,有情画。　　谩题三十年前话。每遇著、零香冷艳,泪珠偷洒。弹指华鬘尘劫,换万紫千红长价。想风韵、犹推林下。醉起巡檐频索笑,素儿呵、小摘兜红帕。含罄口,意难写。

按:见《箧中词》。

金缕曲·小除日柬子箴

岁事都齐否。想华堂、春生彩燕,香喷金兽。爆竹声声频送喜,惹得儿童拍手。为老子、称觞座右。绕室唐花红似锦,二知轩、六九寒消候。祝五福,寿为首。　　卅年文字论交久。怪世间、云翻雨覆,难开笑口。雪霁疏梅新放蕊,却少铜钱买酒。且凭眺、南湖峰岫。斗大荒园闲著我,崖招来老鹤形同瘦。松竹石,岁寒友。

金缕曲·书怀

十笏差容膝。是遗园、寻诗读画,悟禅之室。焦尾音稀鳞铗冷,赢得几双蜡屐。问何术、能瘳狂疾。麟阁勋名输等辈,恐才矜蛱蝶惭狐笔。青史秽,鬼神泣。　　当年曾作诸侯客。浑不记、为谁倚马,为谁扪虱。一笑羊头休挂齿,任我挥杯拓戟。怪蛮语、竟无人识。多少虫沙猿鹤泪,且平章风月娱朝夕。天下事,尚如奕〔一〕。

校记:〔一〕原文作"奕",疑为"弈"之误。

金缕曲·古重阳日,同人观潮吴山,遂放舟六和塔,入五云山访莲池大师遗迹,夜觞于茭白船。歌伶昙香索书谱此,应之铁板铜琶,羞对红牙按拍也

第一峰头客。浑不辨、钱花赵柳,踏残吟屐。三竺六桥工点缀,掩映湖光山色。更多少、王侯第宅。凤翥龙翔图瑞应,任铜驼北望埋荆棘。歌舞地,且行乐。　　兴酣放眼乾坤窄。讶海门、千寻对峙,怒涛滚雪。白马素车空想像,那有英魂毅魄。奈水族、乘虚驱吓。越国山川销霸气,仅花开陌上歌声切。呼柳翠,问明月。

贺新郎·方子听大令日本来函，盛称歌楼之乐，调之

稳放蜻蜓柁。更阅遍、奇葩异草，钟情樱颗。绝妙鸟音争劝酒，绕席鞬鞬轩簸。碧瀺瀺、香云飞过，跨凤骖鸾三岛客。拥仙姝、合向琼楼卧。愁欲语，问谁可。　　才名中外偏惊座。待归来、西施共载，鸱夷一舸。塞上胭脂犹夺取，海国笙歌婀娜。恨多少、泥沾凤堕。省识南强成笑柄，且萍天蒂地将花唾。君莫管，夜郎大。

贺新郎·戊子秋仲修书来，自言科名仕宦、学术文章皆废半途，因号半崖，谱此慰之

万事如转烛。叹茫茫、尘海劳形，几人知足。不惯折腰抛手板，自笑未能免俗。把一卷、残书遮目。阅世半生都坐懒。看鸡虫、得失何荣辱。闲啖蔗，胜增禄。　　相思梦绕西湖曲。莫漫说、牵船岸上，陆居无屋。三竺六桥图画里，斗酒常招近局。我愿作、云龙追逐偕隐。有妻儿识字，共狂奴、两地消清福。耆旧传，待君续。

浪淘沙慢·晚泊濡须坞感赋

看夹岸，层峦入画，暖翠如滴。道是孙曹战垒，登临不异赤壁。笑虎斗龙争空费力。只剩那、鸦背斜阳。伴老渔、闲访钓台石。长啸暮天碧。　　寂寂。一生著几吟屐。枉踏遍、江

北江南路,谁记鸿泥迹。溯壮年烽火,高谈扪虱。故交分隔,拚此身,点缀山林丘壑。弹剑铗、难除豪气,凭花月、放浪自得。奈人隐芦中、鬓渐白。过废坞、又值新秋,意恻恻,西风厌听谯楼笛。

王德名,字修甫,同治时人,诸生,翰林院典簿尚辰子,著有《澹雅居小草》。

无闷·松风阁雪霁晚眺

云压天低,烟冱乍暝,帘角斜阳未尽。讶目眩清光,宿鸦惊醒。却向闲阶散步。想钓雪、何人空江冷。一尘不染,飞来冻月,柝声宵警。　　风紧。绘佳境。正独酌无聊,小窗幽迥。顿悟出禅机,色空谁省。笑我生涯澹泊,且闭户、挑灯寻孤影。待策蹇、同踏琼瑶,早探岭梅春信。

李经世,字伟卿,号丹崖,光绪丙子举人,庚辰进士,官翰林院编修,赠侍读学士,候选道蕴章长子。著有《选腴醉芸馆律赋》、《试帖存稿》、《醉芸馆诗集》(词附)。

浪淘沙·夏夜

风急雨飞鸣,暑退生凉。鲛绡一幅象床横。今夜睡乡添好梦，翻觉孤清。　　雨过月华明，玉漏无声。回阑寂阒少人行。四壁虫吟凄欲绝，似诉幽情。

蝶恋花·感旧

殢雨尤云巫峡杳。偷觑风情，常恐人知道。若是惜花须趁早，侬今颜色如花好。　　事不由人天定了。提起相思，曲折知多少。满地落红春竟老，一场幽梦惊啼鸟。

醉春风·前意

往事从头诉，无限伤心处。几时订了合欢期，误！误！误！直到如今，纵教同梦，也嫌迟暮。　　屡被娥眉妒，娇弱凭谁护。怜卿薄命叹卿痴，错！错！错！是我无缘，今生休想，来生重聚。

李经达，字郊云，光绪时人，附生，官湖南候补道，候选道蕴章子，著有《滋树室诗文集》《滋树室词》。

如梦令·本意

良夜香消烛烬，频见画帷风引。欹枕听残更，仿佛风鬟雾鬓。不信，不信，芳径落花春尽。

如梦令·春晓

春静小梅庭院,香冷曲屏帘幔。佳节上元宵,竟夕闺情慵倦。休怨,休怨,端许重衾朝恋。

生查子·元夜

明月照高楼,帘幕无声悄。回忆去年时,灯月争辉皎。
年年士女游,星月依然好。今日太平灯,不似去年闹。

罗敷媚·忏情

扁舟载酒江南地,翠袖朱弦,歌舞华筵,旧事重题却惘然。　　迩来征逐心情减,半榻茶烟,画癖诗禅,梦别扬州又四年。

误佳期·春阴

槛外轻云如墨,空际游丝烟湿。杏花时节在江南,争奈春情寂。　　楼阁嫩寒天,花柳伤心色。相思何处是邮亭,怕见江波碧。

月宫春·漫兴

早凉天气试轻罗,明月夜相过。绛纱笼烛扑飞蛾,良宵乐事多。　　玉笛银筝尘满挂,舞衫纨扇奈愁何。隔巷烟涵花影,琼筵正按歌。

西江月·九江郡

彭蠡泽边渔父,浔阳江上浮家。扁舟独钓晚风斜,杨柳梢头月挂。　　白舫曾酣酒梦,青衫又听琵琶。珠宫贝阙遍天涯,谁续当年佳话。

西江月·纳凉

高树夜凉归后,晚荷曲沼香时。中天清景少人知,明月阑干独倚。　　检点罗衫纨扇,安排雪藕冰梨。竹床横寝梦佳期,墙外笛声催起。

浪淘沙·感梦

窗外雨凄凄,风动重帷。孤衾梦断五更鸡,双泪阑干人不见,香烬灯低。　　约略玉兰姿,把臂移时。别离已久见卿稀。天上人间相隔矣,旧誓重题。

鹧鸪天·春夜

银烛围屏掩寂寥,春城阶柝去迢迢。杏花庭院东风悄,间拨炉灰坐冷宵。　　千里梦,一枝箫,断云迷鹊渡虹桥。依稀似订春前约,怅触情怀酒后消。

鹧鸪天·代人闺思

冰簟银床漾锦文,轻罗衣倩晚香薰。谁家玉笛红墙隔,小立花阴偶一闻。　　愁璧月,梦巫云。良宵似水漏初分。果然觅得金钱卜,何必江头采白蘋。

踏莎行·深夜踏雪

刻漏无声,夜街人悄。平山门外饶登眺。羊裘珠满不知寒,琼楼玉树疑仙岛。　　城郭漫漫,江山了了。琼辉不让冰轮照。乾坤清气得来难,重帷有梦惊寒早。

临江仙·遇旧

十载扬州春梦醒,萍踪蓦地相逢。夕阳水阁照残虹。晚妆描桂叶,清韵吸荷筒。　　白下有山皆绕郭,可能掩住眉峰。灵犀一点两情通。别离无限恨,尽在不言中。

蝶恋花·手帕

鲛室晶丝文绮衬。曾拭口脂,面粉余香润。玉笋轻盈笼独进,尊前细抹流霞进。　　饯别长亭秋未尽。袖里春尖,袖底轻绡映。任君传回文雅韵,千丝不解相思恨。

解佩令·题张船山太史《墨猴》

三峡巫云,十年楚梦。沐猴冠、旧事羞人骂。长啸一声,最销魂、离筵泪下。记曾见,枫林月挂。　　不求供奉,不求丹诀。飞将军、臂长善射。跳脱仙根,却闲来、春郊盘马。问封侯,黄金无价。

感皇恩·金陵怀古

胜迹遍登临,江山大好。六代繁华真草草。龙盘虎踞,历尽英雄多少。宫阙暮云中,榛芜绕。　　裘破卫公,驴疲贾岛,忍听遗民话天宝。一腔热血,踯躅斜阳古道。沧桑今古恨,应难了。

离亭燕·喜雪

蝶粉轻盈林表,处处晚楼玉照。江上遥峰青不见,一任祥霙笼罩。清绝不知寒,蓑笠老渔孤钓。　　镇日朔风吹峭,昨夜寒梅开早。绿蚁红炉新暖酒,待集高人谈笑。为惜玉阶痕,莫唤雏鬟轻扫。

金人捧露盘·秋雨

忆去年,白下曾湿征衣。感云烟、过眼全非。红楼珠箔,几家疏柳掩双扉。雨窗闲检,旧青衫、犹浣轻泥。　　秋阴重，芳讯歇，情展转，意沉迷。梁园客、心事多违。轻裘肥马，长安豪贵尺书稀。怪他檐铁，丁东韵，响彻空闺。

金人捧露盘·题顾横波《墨兰》残幅

际圣明，小草亦被恩光。展残缣，珍重余香。风华露叶，当年姿态为谁狂。眉楼春径萎蘼芜，黯尽斜阳。　　素琴操，凭谁理，怀往事，尽凄凉。兴亡恨，流尽沉湘。纫芳服媚，竟无清梦绕高唐。玉京仙子，订同心，独负吴郎。

洞仙歌·代实甫题自画笔《江干杨柳图》赠妓

雨态烟姿，正描摹无尽，水阁风来弄清影。忆秦淮、画舫珠箔相迎。游丝乱、恰似云鬟未整。　　旗亭曾画壁，春色依然，更谁知、寓公名姓，青眼向谁人。摇落江干，怅名士、倾城同病。愿来岁、东风染锦衣，便载取西施，小星先聘。

满江红·留别

江柳晴丝，绾不住、尊前离别。记曩日、竹西歌吹，玉钩风月。画舫停秋芳径冷，锦灯张宴冰弦咽。向秦淮、打桨话前游，鸿泥雪。　　临古渡，怀桃叶。南威貌，西施靥。又长亭千里，阳关一阕。白社魂羁秋燕侣，青衫泪湿啼鹃血。到不如、解脱证枯禅，莲花偈。

满江红·皖江怀旧

城郭萧条,偏对著、江潮奔突。想当日、轻裘羊叔,纶巾诸葛。幕府群才三楚盛,衣冠一代中兴杰。剩白头、揖客话将军,风流歇。　　沧海变,红羊劫。石韫玉,沙沈铁。更触绪茫茫,书空咄咄。岘首有人思缓带,公门无客弹长铗。到后来、列镇最尊荣,高衙节。

满江红·题《白门新柳记》

剩粉零脂,问六代、繁华何在。记曾读、《板桥杂记》,星移物改。劫后春花谁订谱,城中淮水空如带。羡使君、牛耳执骚谈,风流债。　　淋漓墨,添烟黛。萧疏笔,传风态。逗三峡词源,难填恨海。南部芳名连社远,洛阳纸贵通街卖。到而今、零落有谁收,浑无赖。

满江红·申江感旧

蜃市楼台,乍疑是、飞仙小谪。记曩日、题襟雅集,贞盟匪石。万事云烟真过眼,三千悲乐空填臆。对孤灯、秃笔纪前游,都成昔。　　车马盛,秋风客。华灯灿,倾城色。尽绮席征歌,欢场演剧。旧梦已随江水远,新知何意蓬山隔。望青天、碧海信沈沈,真何益。

满江红·游迎江寺

胜地登临,门对着、波涛壮阔。喜相邀、纳凉萧寺,炎风清热。塔影高凌吴楚界,铃声恍语南朝劫。看孤帆、隔浦带斜阳,舟如叶。　　雕甍丽,崇楼杰。千里尽,双眸豁。感苍茫人事,风灯冰雪。佛殿重新香国界,居民流涕羊公碣。到如今、无恙照江流,龙山月。

玉漏迟·题芷帆太史《楸阴感旧图》

浮生如泡影,鸿泥到处,都成虚境。谁染霜毫,遥与吟魂相逞。宛是西园雅集,又宛是、池塘佳咏。秋信冷。虚堂午寂,树阴风静。　　梦醒静掩禅关,听落叶空庭,一声清磬。往日苏公,败壁尚题名姓。却触今情不尽,展新图、丹青余兴。休感病,领取鹅溪黄硬。

满庭芳·春雨

帘幕晨垂,韶光将半,风雨时近花朝。新泥门巷,闲煞卖饧箫。几日离亭弱柳,逗生意、初展眉梢。秦淮上、浓春烟景,相忆路迢迢。　　旧时留恋处,云生翠黛,酒暖金貂。更销魂门外,送别长桥。惆怅萍因絮果,许多事、欲说无聊。悄相对、灯花吐艳,消受可怜宵。

凤凰台上忆吹箫·怀旧

长夏楼台,绿阴门巷,粉墙红日沈西。正水亭荷放,翠袖相携。拣取冰梨雪藕,清凉散、不解情痴。慰郎意,几时病渴,几处相思。　　依依。者番别去,谁知过些时,物改星移。问桃花人面,迹杳鸿泥。惆怅楼头新月,空照著、梁燕双栖。双栖处,伤心旧事,不忍重提。

双双燕·都门寄内

清阴庭院,恰斜照疏槐,暮天新霁。阑干闲倚,但觉远空无翳。收拾湘帘几幅,卷轻碧、锦钩初缀。遥怜今夕闺中,自是画屏无睡。　　银烛,清光相对。便醽醁盈杯,浑难倾醉。连朝病起,尚怯药炉风味。应念离人健未?问归计、天涯犹滞。尽教踏遍回廊,莫遣凉侵半臂。

念奴娇·悼亡

空房夜静,听声声互警,秋砧敲月。心绪千般肠百转,到此凭谁伸说。天上人间,生离死别,总是冤和孽。七年眉案,匆匆遽忍相割。　　不幸大海珠沉,平湖霭杳,滴尽鹃啼血。线迹针痕犹在臂,枉费当时熨帖。酒醒残宵,灯昏断梦,难解衷情热。慢题往事,数行老泪先咽。

桂枝香·京江中秋节感旧

江亭一别。便踪迹燕鸿,关山楚越。愁见琼楼清寂,银河辽阔。良辰美景凭谁领,三秋望断音书绝。云连京口,星藏别浦,更无明月。　　念当时、情深密约。尽离绪千回,柔肠百结。自恨飘萍无著,三生冤孽。青骢容易庐家去,展鲛绡、泪痕难灭。问碧虚宫,修到明蟾,几经圆缺。

齐天乐·皖城怀古

河山自古如棋局,转瞬便成陵谷。皖伯荒台,南朝废寺,都是前人兴筑。倾颓何速。便蔓草萦烟,荆榛盈目。沧海桑田,故家何处森乔木。　　城郭风清苜蓿。荒郊时极目,马嘶秋肃。百顷练湖,千寻潜岳,未改当年渔牧。舆图半幅。尽蟋蟀宵吟,鸬鹚春浴。写入新词,当蓬莱实录。

雨淋铃·江润生太史以旧作《秋梧悼亡绿意词》及阮夫人和作相示,因本其意,用柳耆卿韵

商声清切,恰如潘岳,华年未歇。乡园往事如梦,坠桐叶时,秋怀触发。偏共恨人掩卷,低吟泪填咽。纵弱水、可渡蓬山,精卫难填恨海阔。　　闺中佳侣怜新别,擘云笺、遥慰茱萸节。早携鹤子归去,珍重煞、二分明月。旧怨新知,多羡楚瑟瑶琴并设。尽消受、美眷流年,休与傍人说。

雨淋铃·七夕悼亡

针楼清夕，听重檐下，残溜犹滴。佳期终岁难遇，正相逢处，云阴遥隔。聚短离长，想天上人间同戚。对寂寂、银河玉宇，欲问双星几迁谪。　　偶题往事悲填臆。况孤灯、五夜秋虫唧。当年密誓何在，到今日、影单形只。永决经年，但剩蔓草荒烟紫魄。却相似、禅偈昙华，一霎传空色。

永遇乐·送张实甫

迢递山川，一声羌笛，行人归去。来似秋鸿，踪如旅燕，三月成欢聚。脱帽看诗，焚香读画，竟夕西窗听雨。更谁是、天涯知己，相遇得无佳趣。　　雪泥印爪，絮果留因，总是三生定数。正醉西园，旋歌南浦，离思浑难诉。前尘后约，佳期珍重，盼望春前树。羡君家、尽室相偕，岭云深处。

二郎神·苦热

梅炎藻夏，最苦是、无方避暑。惆怅忆芳游，还思水阁，风定莲香盈渚。邂逅倾城原旧识，便领袖、烟花南部。对襟上酒痕，尊前鬓影，销魂几许。　　复遇。缠绵往事，含情眉妩。想当日系缆，芜城烟雨。曾寄香巢小住。三叠骊歌，千丝别绪，冷落竹西花坞。却移向、金粉湖山盛处，金铃深护。

金缕曲·感赠

雁信传秋塞。捧琼瑶、轻绡尺幅,泪痕莹在。织就回文千万缕,自赏容华绝代。支机负、黄姑聘债。惆怅酒阑人散候,看双星、密誓浑无赖。才咫尺,银河界。　　瓜期珍重还相待。最伤情、腰肢弱柳,远山眉黛。空谷幽香谁护惜,恨煞风波似海。恐后会、迢迢易改。镇日相思成底事,断情丝、难逞并刀快。休题起,西施载。

江云龙,字潜之,号润生,光绪戊子举人,己丑进士,翰林院编修,官江苏徐州府知府,著有《师二明斋诗文集》。

菩萨蛮·奉伯兄樣回里,留别皖城诸友六首

其一

寒螀切切和秋语,连宵闷坐西窗雨。刚得一天晴,安排又远行。　　西风吹渐老,雁影惊飞早。秋雁自南飞,伤秋人北归。

其二

浮生未了青衫恨,琴囊剑匣都飘尽。风溯大江寒,扁舟载

一棺。　　新添儿女累,半耗中年泪。婚嫁费经营,何缘慰九京。

其三

姜家大被同温热,片时未肯轻离别。何物是扬州,赚人跨鹤游。　　而今独归去,寂寞来时路。夜夜把魂招,凄凉廿四桥。

其四

岁寒友结松梅竹,秀奇各抱珊珊骨。挥手向江滨,烟波愁杀人。　　含情相尔汝,郑重休言苦。保得岁寒心,风光两地春。

其五

一官潦倒非其罪,伤贫惟有周郎最。强觅一枝安,无钱行路难。　　才高天所忌,命蹇遭时弃。我柱托知心,惭无鲍叔金。

其六

男儿意气高千尺,坚心不做穷途泣。含笑对妻孥,鬈眉是丈夫。　　乾坤亦大矣,旧事休提起。端的惹愁多,长歌间短歌。

风蝶令

乱挽松松髻,轻云薄薄脂。含情无语睇凝时,宛似十年前见那人儿。　　斗口闲猜谜,昵人强学诗。别来情事两难知,叵耐灯前一夕起相思。

醉落魄·题陈秀才《秋菊图》,陈为范肯堂婿,图寓悼亡

秋魂一缕,非烟非雾知何似。伶俜瘦影扶难起。死死生生,侬命薄于纸。　　郎君骨格清如此。悲哉也是伤秋士。月明风定人归矣。那不言愁,相对澹无语。

满江红·题遗园所藏汉尚方十二辰镜,用遗园原韵

云敛晴空,依旧是,汉时明月。碧澄澄、桂花秋老,妖蟆慵呎。瘦影惯看飞燕舞,重缄斜擘鲛绡滑。历千年、劫火未烧残,真神物。　　龙文鼎、灵曩竭。铜雀瓦,高台灭。更鼍尊蛇剑,了无陈迹。运送金刀惊掣电,光留宝鉴团春雪。问一规、阅过几兴亡,愁边说。

水调歌头·题阮霞青叔外舅《繁台感旧图》,图为乔恪公作

热泪向谁洒,独上孝王台。萧疏台畔杨柳,都是昔年栽。试问近时文宴,可是当时文物,一洗旧尊罍。华屋山丘感,剩

有老邹枚。　　广陵散，赓一曲，首重回。孙阳老去，何惜神骏伍驽骀。又是中原多故，未必竟无作者，一一隐蒿莱。莫展画图看，哀吹自天来。

念奴娇二首

其一

绣屏深掩，怪鹦哥催唤，千回难出。一夜骄雷惊雨过，春笋朝来迸玉。燕语传疑，莺飞恨晚，负了朱樱熟。背人羞语，眉峰何事频蹙。　　不信大海珠沈，骊龙失睡，费尽鲛姝哭。已分牵丝无玉虎，忍使银瓶轻覆。月姊添阑，风姨妒信，拚折书生福。谢乡归去，一湾溪水渐绿。

其二

小桃初蕊，甚东君多恨，轻轻摧折。零落无根，随水去，浪打风吹娇怯。石为冤沉，甑因堕破，更与谁珍惜。为郎憔悴，含情羞向郎说。　　自过十八危滩，瞿塘滟滪，都是风惊鹤。我是西陵老渔父，懒再桃源深入。五岳归来，千岩梦过，眼底烟消灭。云林画意，一痕江上轻抹。

绿意·庭梧

酸枝凄叶，知年时谙尽、几多冰雪。盼得鸾栖，露老烟荒，怎禁虫嘶蝉咽。罗衣瑟瑟惊秋冷。伴夜读、开轩坐月。也应知、清福难修，陡被罡风吹折。　　眼底流光飘瞥尽，乳鸦叫苦，老乌头白。烂到枯琴，纵换新声，迸出弦间哀恻。江城一树清阴合，料难掩、亭亭高节。最怜渠、结子青青，留与后来人惜。

卷四

张华斗,字立青,光绪时人,附生,官分省补用道,两广总督树声子。著有《席月山房诗集》,词附。

浣溪沙·病起
一阵轻寒透绮寮,碧纱窗外雨潇潇,滞人灯火自终宵。
浊酒难浇愁思尽,华年都向病中抛,日高睡起意无聊。

减字木兰花·题画桂
天香仙骨,本是移根从月窟。采向东篱,时把闲情付酒卮。　　无边秋色,风刀霜剪浑相逼。独冠群芳,珠蕊金英艳夕阳。

眼儿媚·题画水仙腊梅
凌波仙子是前身,罗袜静无尘。花中高品,座中清供,宜唤真真。　　东风吹入罗浮梦,梦里恰逢春。数株香雪,几枝寒玉,绝世丰神。

一剪梅·题残荷帐檐

菡萏开时十里芳。风飐红裳，露浥红妆。梦回枕上日初长。万顷清香，一味新凉。　　一夕秋风渡玉塘。烟又飘苍，叶又飘黄。江潭摇落起微霜。睡醒鸳鸯，梦绕潇湘。

满江红·本意

莽莽乾坤，问今古、英雄有几。君试取、青菱照面，恐非前比。热血一腔何处洒，愁思万斛谁能洗。笑庸流、富贵纵漫天，浮云耳。　　责偿费，犹未已。争割地，旋纷起。叹诸公衮衮，真堪愧死。我辈空兴嫠妇叹，汝曹柱自貂冠珥。愿鲰生、能作太平农，无求矣。

高阳台·哭次兄，时光绪庚子

鄂渚云寒，芳洲草冷，重来无限新愁。依旧江山，那堪雁断清秋。明知离合原常事，奈幽明、异路难求。更伤怀、北望京华，烽火盈眸。　　欲将旧事从头诉，已千行泪竭，百折肠柔。悟彻尘寰，剧怜身世浮沤。神归极乐应无憾，有朝云、同列仙俦（兄姬人廖氏以绝粒殉节）。恨悠悠、思逐长江，亘古东流。

沁园春·题张憩云副榜《香花墩赏荷图》

赫赫龙图，亮节清风，推第一流。慨凄凉松影，台寻教弩，低迷草色，浦吊藏舟。割据威名，笙歌韵事，昔日豪华尚在不？斯墩也，独荷香环绕，矗峙千秋。　　羡君选胜寻幽，结隽侣、芳郊试紫骝。看新蒲细柳，浓阴似幕，红裳翠盖，溽暑初收。锦字题残，生绡写罢，醉墨淋漓傲九州。风光好，祝他年驻节，重证前游。

王懋宽，字裕侯，光绪时人，贡生，著有《劫余斋集》。

浪淘沙·劝耕

畎亩勿荒芜，敦劝农夫。来游田畯共欢娱。春到陌头杨柳色，布谷催呼。　　野老杖藜扶，望杏瞻蒲。凿耕勤业欲康衢。稼穑艰难知努力，无逸陈图。

王天培，字元符，民国时人，日本士官学校毕业生，官皖军都督、陆军中将。著有《元符诗草》，词附。

浪淘沙

大陆起龙蛇,素愿方奢。怜君何事到天涯。应是匈奴犹未灭,无以为家。　　忧国贾长沙,莫负才华。年来浪迹逐萍花。拔剑酒酣空斫地,潦倒同嗟。

浪淘沙·正月既望贺友人新婚

国色擅江东,独立芳丛。昨宵有梦到蟾宫。羡煞多情胡蝶子,得意春风。　　回首月明中,惊起晨钟。昆仑夺得告成功。余勇好酬桴鼓志,儿女英雄。

虞美人

皇皇已失中原鹿,相待何年逐。匈奴未灭本无家,沦落怜君同是到天涯。　　斩蛇刘季江东起,有志当如此。布衣淮右世其功,蕞尔东胡安足与争雄。

满江红三首

其一

滚滚东流,浪淘尽、英雄如是。放眼去、纷纷余子,那堪屈指。绝域西通怀汉武,长城北筑思秦始。莽中原、万里苦无人,空沟垒。　　三尺剑,凭吾使。有志者,当如此。怅年来奔走，吊残山水。五载淹留蓬岛上，九重梦入华胥里。问斩蛇刘季、待何时，江东起。

其二

极目天涯，望不尽、大江南北。独何故、腥膻遍地，供人吞食。番舶西来掀浪起，蜃楼东望惊涛拍。恼煞俺、壮士怒冲冠，狂歌发。　　沧桑劫，何时脱。沉沦痛，殊难绝。乘长风飞渡，太平洋阔。填海同消精卫恨，补天共显娲皇烈。且听他、击楫誓中流，谁悲切。

其三

大好江山，残阳外、寒鸦乱舞。指点处、断堤衰柳，可怜焦土。尘世半生空做客，神州万里谁为主。痛英雄、用武地偏无，冲冠怒。　　天柱折，娲皇补。蠢尔贼，敢予侮。誓挥戈纵马，更张旗鼓。扫尽夷氛光禹迹，挽回劫运昭文祖。看群儿、罗拜下风来，争呼父。

水调歌头

燕京迁鼎后，正统续春秋。如何传世十六，容易失神州。藩部甘为戎首，闯献终于流寇，破碎旧金瓯。粤西洪杨起，大义报先仇。　　丈夫志，竖子见，无能谋。秣陵王气已尽，冠带变毡裘。俊杰须识时务，英雄不论成败，恢复赖吾侪。直捣黄龙府，痛饮阅江楼。

百字令·秋夜望月

一轮明月,曾照过今古,几人悲喜。认我前身,应归去,天上广寒宫里。桂树犹存,嫦娥欲老,夜色凉如水。举头遥望,有情何以堪此。　　为问执斧吴刚,何年可得,伴结璘仙子。雨霁虹消,空洞处、争共清光千里。乌鹊南飞,一枝聊借,任汝凭栖止。焘然长啸,山鸣谷应风起。

贺新郎

鹿死知谁手。看并驱、中原豪杰,争持何久。一战雌雄须早决,恐迟为、他所有。正海内、群龙见首。自古田间多崛起,况东胡、历数逢阳九。好时势,莫辜负。　　高材捷足夸功狗。笑比肩、韩彭竖子,吾焉是取。碌碌因人怜志小,空窃真王印绶。慨敌尽、身终招咎。安得丈夫谋独立,试风云叱咤雷霆走。恢旧服,朝群后。

李靖国,字可亭,光绪时人,太学生,官候选知府,江苏候补道经邦子。著有《宜春馆诗集》,词附。

绿意·应京都著涒吟社第十课征题,分咏绿杨

吹残玉笛。又丝丝弄影,低傍离席。大好江山,多少楼

台，无情有恨谁识。遥知少妇凝妆处，恰又到、伤心时节。问何如、移植龙池，饱看雨中春色。　　堪叹长条跪地，暮鸦已占断，眠起无力。旧日鞭丝，约过隋堤，影事流莺能忆。依然尽日无人管，休再问、灵和消息。更那堪，吹梦扬州，认取高低城堞。

杨开森，字韵芝，民国时人，诸生，江苏县丞德炯子。

望江南·泛舟巢湖

晴湖碧，新涨澹尘颜。风卷浪花舟欸乃，烟迷柳岸鸟绵蛮。荡桨不知还。

点绛唇·对月闻歌

晚景萧骚，倚阑遥对中天月。书空咄咄，怕听邻歌发。欲问嫦娥，往事愁磨灭。真凄绝，夜流呜咽，疑带英雄血。

虞美人·怀郑文彬塞外

嗟君误被名缰绊，万里音书断。忽看只雁影惊秋，遥识征人，夜半动羁愁。　　虫沙劫遍关山路，都是伤心处。穹庐四覆野。苍茫只有，故国明月照边墙。

临江仙·丁卯秋，偕史次耘游斗鸭池、龚氏蘧庄，因赋一阕志之

载酒同瞻津上景，兴亡过眼如萍。蘧庄冷落不胜情。霜枫明落日，摇曳作秋声。　　斗鸭英雄今已矣，空余碧水渊停。鲤鱼风带浪花腥。寒烟凄暮色，诗思恋孤汀。

满江红·题蔡竹铭先生小瀛壶仙馆

如此河山，莽中原、何堪插足。最艳羡、琼楼尘外，有仙栖宿。人世不闻灵境辟，先生笑把沧州缩。问身前、几度住蓬莱，饶清福。　　风月梦，闲征逐。烟水窟，宽羁束。挂前檐星斗，任天低覆。我欲青山稽首拜，公持丹诀长生祝。望沉沉南极一星高，惊凡俗。

金缕曲·过史半楼太学浮槎山馆故址

荒径堆残瓦。是前朝、风流胜地，诗人遗榭。一自壶觞消沉后，无复吟坛酒社。顾景物、依然潇洒。惨绿余红犹炫眼，怪繁花烂漫谁栽者。人未赏，自开谢。　　春光撩乱悲难写。眺高峰、残阳返照，彩云如画。惆怅名贤栖隐处，尽付樵僮闲话。算只有、青山无价。我欲结庐岩上住，问禅师、肯把烟萝假？聊一笑，倚崖下。

张世铉，字冶东，光绪时人，诸生。

浪淘沙·题香花墩

一水护崇祠,清且涟漪。芰荷杨柳自斜欹。墨客骚人幽兴发,到此题诗。　　胜境昔贤遗,世易时移。馨香千载动遐思。正气大名留宇宙,妇孺皆知。

李经筵,字仲平,民国时人,历官江西、安徽税局局长。

风入松·壬子兵后重过襄川故居

扁舟一叶水云乡,宛转泊垂杨。儿时捉絮攀条处,一回头、一自凄凉。门外晚蝉高唱,依稀课罢时光。　　别来忽忽隔星霜,旧事几沧桑。故园零落何限感,有荒台、留对斜阳。寂寞荆花分后,蛛丝锁闭空堂。

李国模,字方儒,号筱崖,光绪时人,佾生,官山东补用道,翰林院编修经世子,著有《吟梅馆诗存》《瘦蝶词》。

南歌子·谢人惠绣花合枕,温助教体

戏水文鸳活,穿花采蛱飞。同梦入罗帏。游仙香枕畔,是耶非。

望江南·梅坞闲吟七首

其一

长干女,生小住横塘。瓜圃摸秋沿习尚,豆棚消夏话家常。弹子打鸳鸯。

其二

眉楼去,箫史早安排。里巷儿童喧竹马,邻家姊妹斗牙牌。凉月浸天阶。

其三

胭脂队,小部最风流。荡子东南飞孔雀,佳人西北仵高楼。白马紫貂裘。

其四

销金窟,春色暗中藏。癖嗜盘龙长夜乐,髻梳堕马内家妆。怒恼绿衣娘。

其五

园半亩,暑净晚凉飕。逸韵松涛挥玉轸,清芬荷露吸琼瓯。簇簇素馨球。

其六

蓬门内,碧玉蒋家姑。作嫁劳人频压线,乐游有美载同车。眉样入时无?

其七

裙屐集,银烛敞琼筵。南部烟花编小录,东山丝竹遣中年。曲谱小游仙。

望江南·海上纪事四首

其一

无个事,曳杖出城东。柳巷说书奇侠传,榕阴习剑少林宗。拍手笑儿童。

其二

无个事,菊部快流连。白发空谈天宝盛,黄冠终老义熙年。供奉散如烟。

其三

无个事,小祀紫姑神。鬓角簪花飘彩胜,米颠狂草势轮囷。忙煞掞鸾人。

其四

无个事,雏婢苦相邀。桃叶清溪三妹宅,莲花绮貌六郎娇。画桨过虹桥。

望江南·人去词四首

其一

人去也,惆怅竟何之。可恨望梅难止渴,那堪赠药是将离。风片雨丝丝。

其二

人去也,除却梦魂通。谁赎文姬归汉苑,顿教西子别吴宫。小劫历杀虫。

其三

人去也,想像旧温柔。茉莉花香薰枕角,流苏帐影漾帘钩。箫史驻秦楼。

其四

人去也,春暖小阳芳(去时十月)。庾岭梅开逢驿使,吴江枫落压归装。消息问装航。

望江南·清水塘作

出西郭,麦浪绉盈盈。山鸟啁啾时引路,野花璀璨不知名。梵语暮天清。

望江南·半淞园四时曲四首

其一

园中好,百卉斗喧嫣。花径深深骑款段,柳阴曲曲荡秋千。余兴足留连。

其二

园中好,竞渡赛龙舟。双髻螺峰青欲滴,一篙鸭涨碧于油。箫鼓韵清悠。

其三

园中好,爽气扑人衣。莼菜湖船鲈正美,菊花江馆蟹初肥。不醉客无归。

其四

园中好,生意未全凋。踏雪寻梅驴得得,嘶风啮草马萧萧。道子画难描。

乌夜啼·春暮游龙华寺

地居黄浦西偏,塔毗连。寺址相传建自赤乌年。香市哄,游人众,道场前。日暮归来桃柳插车沿。

相见欢·闺情

花香鸟语风柔,漾帘钩。解意绿窗鹦鹉,唤梳头。妆对镜,梨涡晕,早霞留。想起昨宵情事,乐还羞。

长相思·邻婢

芍药棐,莺燕梭。月白弓鞋窄窄罗,凌风步亦波。
羡鸣珂,厌牵罗。修竹天寒倚处多,薄如翠袖何。

醉太平·秋宵不寐

荒鸡乍鸣,征鸿有声。扰人清梦难成,听谯楼四更。
凉蟾入楹,寒灯在檠。银潢耿耿低横,看东方未明。

生查子·古别离曲

明月照深闺,一片长安景。砧杵动秋风,只觉声声警。
昨接玉关书,塞外先寒冷。道远寄棉衣,针迹缝尤整。

昭君怨·无题

酝酿熟梅天气,领略酸梅风味。避面尹邢前,费周旋。
隐事流言可畏,暗室直言不讳。草草短时缘,化为烟。

点绛唇·国殇,吊胜朝也二首

其一

长白山高,相传神女吞朱果。龙兴辽左。辅弼皆王佐。
贼寇鸱张,明局成残破。危如卵,榆关纳锁,天命归于我。

其二

十叶相承,冠裳统一中华土。仁明英武,覆祚非庸主。
东渐欧风,江汉潮音巨。真奇举,煌煌诏语,效法唐虞古。

点绛唇·伤秋,嵌九秋体

秋思谁家,漫吟宋玉悲秋赋。蛩阶秋语,诉尽秋心绪。
容易秋风,秋月闲中度。秋还去,黄花秋圃,傲得秋霜住。

点绛唇·海上闻警

鼎沸尘昏,中原从此遭涂炭。桃源路幻,莫避秦时乱。
国难年荒,骨肉东西窜。乡书断,终宵长叹,独客南天半。

点绛唇·咏梅

冷艳幽芳,几生修到梅花主。含苞欲吐,倩影离魂女。
翠竹苍松,三友天寒数。惟吾汝,孤标鹤处,羽作翩跹舞。

点绛唇·听雨不寐

窗外芭蕉,雨声滴得柔肠碎。银釭斜对,拥著鲛绡被。
好梦惺忪,合眼何曾睡。天明未,落红如醉,化作相思泪。

点绛唇·乍遇

是耶非耶,姗姗倏现瑶华景。幽娴贞静,态比青娥冷。
一捻纤腰,仿佛当年影。还齐整,软红驰骋,翩若惊鸿迥。

浣溪沙·寄怀天虚我生钱塘陈蝶仙先生名栩

翰墨湖山两结缘,颖〔一〕川门第太丘贤,照人文采自翩翩。
词仿乌丝工绘色,斋名黑蝶合乎仙,神交已在廿年前。

校记:〔一〕颖,勘误表中为"颖",疑误,仍用原字。

浣溪沙·有赠

惨绿年华我度虚，柔乡滋味久生疏，早知今日悔当初。
竹榻眠云微困酒，蕉窗听雨且摊书，最难消受五更余。

浣溪沙·洪湖秋泛二首

其一

万顷洪流接大荒，远山微现树青苍，橹声摇梦渡明光。
此日楼台浮蜃市，当年城郭陷虹乡，舟人指点话兴亡。

其二

旭日苍波浴远空，湖山如在画图中，篷窗瑟瑟听秋风。
水汇黄淮游上下，天连吴楚界西东，那堪泽国尽哀鸿。
（辛酉秋霖为灾，洪湖泛滥，吾皖被灾十余县）

浣溪沙·兵后返皖城故居

王谢家声久式微，乌衣巷口冷斜晖，旧时堂燕向人飞。
城郭参差遗迹在，人民离乱幸存稀，令威辽海鹤初归。

采桑子·忆六梅女史

更阑回忆年时事，纸帐琴尊，玉软香温，消受梅窝一段痕。　而今冷落黄昏候，陌路侯门，去国王孙，杜宇声声叫断魂。

减字木兰花·皖垣重九

频年佳节，独在异乡为异客。此日宜城，助美天公不放晴。　名流宴集，亭塔留题纱护壁。皓鬓簪花，落帽龙山忆孟嘉。

减字木兰花·登大观亭谒余忠宣公祠墓

其一

故家园槲，乔木荒凉无片瓦。剩此孤亭，阅尽沧桑不改形。　凭阑远瞩，大小龙山全在目。东去江流，铁板铜琶唱未休。

其二

忠宣祠宇，岁集神鸦鸣社鼓。守庙无人，渐寂空阶曳履声。　英灵不昧，长拥怒涛来也。未表墓衣冠，可与梅花岭样看。

卜算子·秋闱

漏静碧窗虚，月晕红潮信。值宿河魁可在房，羞答檀郎问。　臂验守宫砂，步碎弓鞋印。贪受新秋一味凉，病体恹恹困。

卜算子又一体·闺意

返礜月初斜，破梦天将曙。惟见斑骓系绿杨，离（去声）不了，门前路。　屡被蛾眉妒，枉把颠莺误。流水无情付落花，说不出、心中苦。

清平乐·山海关二首

其一

乱山衔照，马首临榆道。绝塞秋高霜信早，满目黄云白草。　冈峦起伏回环，洵称第一雄关（关口额曰"天下第一关"）。自古沙场征战，几人侥幸生还。

其二

九门入口，一卒当关守。秋老轮台风夜吼，扑面沙飞石走。　秦时夷夏分封，今成车轨交通。嘉峪亦称天险，遥遥对峙西东。

清平乐·镜花馆即事

晚妆初卸，窗隙灯光射。习习凉飔方欲罢，盦露蔷薇花下。　　也曾身入金闺，红墙莫辨高低。翼乏双飞彩凤，心通一点灵犀。

清平乐·送彭秀峰内阮赴鲁

宜城小住，又向齐东去。雪虐风饕游子路，可耐天寒岁暮。　　频年书剑劳形，浮生踪迹如萍。愧我发将就白，看君眼为谁青。（时秀峰为其尊人，选青内兄去世，奔丧来皖）

清平乐·怡红本事词

鸾笙凤琯，曲奏宜春馆。风拂香舆行缓缓，锦簇花枝围满。　　云娘名噪吴门，奈何远嫁王孙。生与夷光同里，浣纱溪畔萝村。

清平乐·赠乐园弹三弦左叟德中

檀槽低拨，响已行云遏。亡国余音凄以越，深得玉峰衣钵。　　徐如珠走盘匜，疾于阵马奔驰。耻作侯门铗客，甘为人海琴师。

清平乐·重过荔香院旧址感作

平康坊路，十九年前住。门对青溪杨柳渡，家在绿荫深处。　　依稀丁字帘栊，者番凤去台空。不管水流花谢，一齐付与东风。

清平乐·游普陀山即景

缤纷花雨，散作诸天舞。宝殿庄严神像古，同隶名山胜土。　　海波吞吐云霞，经台座涌莲花。我佛回头是岸，度人一叶仙槎。

清平乐·赠月娥女史

蘼芜庭院，初识芙蕖面。粉泽脂香都染遍，输汝柔情一片。　　碧天如水迢迢，倚阑软语深宵。已届银河，乞巧佳期，莫误今朝。

清平乐·咏砚

传家端砚，匣底摩挲遍。竹叶纷披蝌蚪现，历尽精金百炼。　　羊肝色嫩脂凝，池坳蟾镜初升。镕化丹心碧血，磨穿黄卷青灯。

忆秦娥·无题

妆台见，双行宫烛银屏现。银屏现，宜嗔宜喜，春风满面。　　谁家歌管闲庭院，躬逢王母瑶池宴。瑶池宴，座无谐客，偷桃曼倩。

三字令·乡居遣兴

求阒静,市廛哗,住乡佳。高士友,野人家。登东皋,游北涧,乐无涯。　　扁豆荚,半开花。竹篱遮,吹牧笛,响缫车。寻邻翁,呼妇孺,话桑麻。

西江月·勉震儿专心求学

喜露峥嵘头角,七龄入塾从师。克承堂构大门楣,深望吾儿继起。　　求学惟精惟一,专心毋怠毋嬉。光阴珍惜汝须知,分寸俱宜重视。

西江月·京口

漕运河流孔道,通商海口名城。古今兵事必须争。自是南徐重镇。　　扬子江声悲壮,金焦山色空明。我来闻笛感凄清。十载人琴一瞬。

小阑干·谒明太祖孝陵

钟山弓剑孝陵藏,七日葬高皇。宫车驾晏,萧墙祸起,遗诏止奔丧。　　惟余古迹供凭吊,垄土一抔。荒月冷松楸,风嘶石马,零落不成行。

城头月·长江咏古

委蛇东下七千里,源自岷山起。跋浪狂鲸,奔涛怒马,入海真观止。　险居天堑何能恃,铁锁沉江底。燕子春灯,后庭玉树,一部兴亡史。

江月晃重山·咏雪

曲院狂飙怒吼,空房寒气森严。雪花如掌扑庭檐,壶漏永,冷袭被池尖。　玉笋何劳下箸,晶盘直欲堆盐。临卬贫病一身兼。裘典尽,酒债日加添。

虞美人·寓沪,柬少崖弟皖城、伯琦弟吴门,仿一至十体

一门俊秀推群季,二陆东西次。三椽老屋枕江城,四壁萧然五柳号渊明。　六朝王谢乌衣第,七子名贤继。八闽山水最清新,九曲武夷十载梦游频。

蝶恋花·闺思

药里茶铛经一卷。病榻生涯,强自安排遣。镇日双蛾愁不展,忏除烦恼何能免。　初解风情多腼腆。惟恐人前,提起交深浅。百结柔肠千万转,春蚕到死犹成茧。

一剪梅·咏春，仿鹤亭体

其一

户壤赓歌大有春。瑞雪先春，膏雨滋春。六街驰禁上元春，箫鼓喧春，灯社嬉春。　　高枕江城画里春。蜂蝶探春，莺燕寻春，千金难买一宵春。蓉帐藏春，莲瓣钩春。

其二

修禊兰亭届暮春。白袷青春，绿鬓芳春。陌头杨柳十分春，冶客游春，少妇愁春。　　未到晓钟犹是春。且送归春，没计留春。妒花风雨卸残春，蜀魄啼春，杜牧伤春。

踏莎美人·庚申秋，车出宁往沪，道经吴门有作

洞麓低眉，淀湖鉴发，飙车驿向枫溪发。竹篱茅舍树扶疏，跨塘桥堍，曾记那人居。　　邓尉探梅，虎丘醉月，前尘后迹都销歇，双鱼久滞泰娘书。已凉天气，眠食近何如。

醉春风·题姬人王慧珠小影

半亩田园景，一幅真娘影。淡妆浓抹总相宜，整。整。整。棐几牙签，笔床茶灶，同消昼永。　　蝶扑雕阑静，犬吠花阴冷。

珠光黛色灿然新，耿。耿。耿。行箧珍藏，晴窗把玩，难逃薄幸。

殢人娇·寓庐消夏

树咽蝉凄，断续绿槐庭院。抛书卷、昼长人倦。北窗高卧，任清风吹便。尘市里、太古羲皇再见。　　琴韵悠扬，鸟音婉啭。倚阑干、谁家美眷。回廊帘卷，散幽香一片。盆景内、鱼子兰花开遍。

乳燕飞·菱湖巧遇

中表闺房秀。溯当初、无猜两小，形依契厚。几见双鬟来问字，颖悟根诸天授。针与黼、亦夸能手。蓦地关山金鼓震，动秋风，劳燕分飞陡。音隔绝，胡从扣。　　驹光瞬息过重九。忽今番、湖心亭子，萍踪邂逅。杯茗深谈前事，欲去低徊又久。始悉其、遭逢非耦。我已情场多感触，愿卿卿，勿堕情场彀。含泪别，登舆走。

李国楷，字荣卿，号少崖，光绪时人，太学生，官江西补用道，翰林院编修经世子，著有《餐霞仙馆诗存》。

浣溪沙·题《渔樵耕读》山水册页四首

其一

猎猎蒲帆小小舟,烟蓑雨笠白蘋洲,忘机闲似水中鸥。
高唱渔歌彭蠡晚,狂吟诗句洞庭秋,卖鱼市散酒家楼。

其二

残照西衔谷口遥,芒鞋竹担一肩挑,丹枫乌桕晚萧萧。
山室观棋忘甲子,石门逐鹿遇蓝超,古今闽越两名樵。

其三

有鸟提壶叫伐柯,农忙时节重清和,偷闲时少作工多。
里巷才闻蚕上箔,郊原又见麦盈窠,桔槔声里插秧歌。

其四

束发双孤忆母慈,趋庭亲授国风诗,和丸画荻训兼师。
草阁机声寒柝警,芸窗书味夜灯知,那堪回首似儿时。

李国桂,字少庚,民国时人,诸生,河南候补道经钰子。

捣练子·闺情

慵傅粉,懒梳妆,绣罢鸳鸯。欲断肠,魂绕玉关孤枕寂,为郎憔悴却羞郎。

李家孚,字子渊,民国时人,诸生,分部主事国环子,积学,早逝,年方十九。著有《合肥诗话》、《一粟楼诗文遗稿》(词附)。

高阳台·遣怀

肮脏形容,嶙峋骨相,江山到处勾留。吹箫弹铗,天涯岁月如流。琴书长物轻抛弃,喜奚囊、犹剩吴钩。对西风、搔残绿鬓,倚遍珠楼。　　少年意气凌山月,尽筑坛拜将,绝域封侯。登临广武,依然旧日神州。风流王谢衣冠后,五陵侠、肥马轻裘。问苍苍、楸枰一局,却待谁收。

李家煌,字骏孙,一字饮光,民国时人,诸生,京卿国松子,著有《始奏集》《寱音词》。

阮郎归·蜜蜂

抱香侵露叩春帘，嫩黄羞未捐。芳心尽与辨中边，休疑恣口甜。　　惊蝶梦，下翩跹。含情咽管弦。瘦腰偏傍沈郎嫣，惹伊同样怜。

贺新凉·雨后寄外舅盘溪，效稼轩体

一枕推残暑。问丈人、通侯万户，可封此雨？散发溪楼风入骨，吹了闲愁几缕。只莫引、伤秋悲赋。叉手诗襟云海阔，拍阑干、心逐高鸿举。望远气、恣公吐。　　闭门半载暧门路。锁兰成、镜颜憔悴，带宽多许。都道销愁宜蜡屐，争奈驴疲客去。但药里、书签无绪。不管庭凄梧叶碎，更绳床、蟋蟀声声诉。钩人月，尽眉妩。

李家炜，字榴孙，一字洪载，民国时人，诸生，京卿国松子，著有《拈华词》。

浣溪沙

摇落山河几度秋，西风吹断古今愁，斜阳无语挂帘钩。
过眼韶光如覆水，驻颜何处问浮丘，只宜长醉绿琼瓯。

浣溪沙

香絮飘零柳鬓残,一钩新恨隐眉弯,多情犹有月相关。

几处梦迷金屈戌,独醒愁傍玉阑干,人间风露不胜寒。

菩萨蛮

拈花却把微醒解,花开无那朱颜改。惆怅倚阑干,心情欲语难。 风丝吹不定,柳岸鸦翻暝。往事已如烟,闲愁落照边。

临江仙·生日写怀

梁燕语阑春草草,一庭烟雨如醒。樽前垒块总难平。情摇飞絮乱,愁迥落花轻。 枕剑听鸡人海外,可堪蒿目流横。天公此日醉耶醒。未知生我意,投袂叩青冥。

蝶恋花

谁道春风吹似剪。未剪陈愁,更把新愁展。和雨和烟浑不辨,染来碧柳眉深浅。 燕子莫嗟花落遍。依旧年年,花发还如霰。珍惜余芳重缱绻,残红回舞深深院。

张娴婧,字蓼仙,康熙时人,诸生闵而学室,著有《蕉窗逸韵》。

菩萨蛮·问海棠

海棠昼睡胭脂冷，杜宇枝头呼不醒。想是怯东风，沉沉春梦中。　　闲来花槛外，漫把花愁解。切莫更朦胧，轻将锦被笼。

按：见《闺秀词钞》。

菩萨蛮·连城山房

风卷落红愁不歇，枝头燕剪裁桃叶。花气沁帘香，游丝挂绿窗。　　蕉青鸾翅影，草碧龙须冷。无语对瑶琴，闲花落胆瓶。

按：见《闺秀词钞》。

忆秦娥·听杜鹃

春去矣，蘼芜绿遍苔痕紫。苔痕紫，暗夜啼风，老红泣雨。　　燕解人愁已不语。杜鹃犹在寒烟里。寒烟里，道不如归，何时归去。

按：见《闺秀词钞》。

忆秦娥·秋夜听雨

寒雨涩，寒风风响寒檐铁。寒檐铁，叮叮点点，萧萧瑟瑟。　　寒蛩趯趯吟寒叶。寒衾寂寂寒灯灭。寒灯灭，嘈嘈唧唧，凄凄切切。

　　按：见《闺秀词钞》。

许燕珍，字俨琼，一字静含，乾隆时人，福建龙溪县知县其倬女，无为诸生汪镇室，著有《鹤语轩诗集》《黼余小草》。

念奴娇·新柳

　　桥边陌上，看如画一抹，层层绿绮。轻暖轻寒时最好，荡飏碧波新水。嫩叶梳烟，软条掠雨，细细丝难理。瘦腰半捻，如何载得春起。　　最爱柔态纤盈，向人绰约，摇曳欺桃李。寒食未过刚二月，小似簌钱年纪。别馆休攀，离亭莫折，留取东风里。谁吹羌笛，有人愁正无已。

　　按：见《闺秀词钞》。

阚寿坤，字德娴，同治时人，江苏奉贤县知县凤楼女，即用知县方承霖室，著有《红韵阁遗稿》。

一叶落

　　一叶落，桐阴薄（德[一]）。女牛不语挂檐角（稚[二]），鹊桥几日成（德），银河添波阔（稚）。添波阔，不巧何云乐（德）。

校记：〔一〕德，《闺秀词钞》作"德娴"，下同。〔二〕稚，《闺秀词钞》作"稚娴"，下同。
按：见《闺秀词钞》。

太平时

茉莉银丝穿鬓边，玉珠圆。酒阑灯炧枕函间，可人怜。

欲放仍含香细细，蒂排联。弯痕如月压鬟偏，殢云眠。

按：见《闺秀词钞》。

醉花间·寄雨人

难相语，试相语，相语添愁绪。鹏翮计图南，甚日丰毛羽。　　难兄羁宦旅，白发慈亲许。深情作壮情，安恋痴儿女。

按：见《闺秀词钞》。

点绛唇

一点胭脂，甚由惹起单于恨。醉余妆竟，不怕樱红褪。

茗啜春风，浅吸娇云润。兰膏沁，镜开重搵，淡拭唇边粉。

按：见《闺秀词钞》。

浣溪沙

画歇棋停扫落花（德[一]），闲招蝴蝶近窗纱（稚[二]），循廊刚欲过人家（德）。　　偏又回身穿槛去（稚[三]），粉衣未忍扑欹斜（德），忙时翻恨竹帘遮（稚）。

校记：〔一〕德，《闺秀词钞》作"德娴"，下同。〔二〕稚，《闺秀词钞》作"周桂清稚娴"。〔三〕稚，《闺秀词钞》作"稚娴"，下同。

按：见《闺秀词钞》。

浣溪沙又一体，又仄韵

春雨一犁花已透（稚[一]），笼薰炭减余残兽（德[二]），寒逼睡棠红尚皱（稚）。　　弓鞋滑怕苔阶溜（德），明识无香招蕊嗅（稚），特向通明章与奏（德）。

校记：〔一〕稚，《闺秀词钞》作"周稚娴"，下同。〔二〕德，《闺秀词钞》作"德娴"，下同。

按：见《闺秀词钞》。

霜天晓角

官移宅徙，一棹家千里。休说故园诸伴，新花木、权抛尔。　　亲庭劳若此，客途杯酒侍。经过水村山郭，认画稿、斜阳里。

按：见《闺秀词钞》。

卜算子

作也如何爱,读也如何爱。读也忙忙作也忙,忙里闲工在(德[一])。　　在也由人会,会也由人再。再添会处会逾多,多亦忙何碍(稚[二])。

校记:〔一〕德,《闺秀词钞》作"德娴"。〔二〕稚,《闺秀词钞》作"稚娴"。

按:见《闺秀词钞》。

忆秦娥二首

其一

繁华歇,繁华未了群芳接。群芳接,红楼夜雨,绿窗明月。　　清明寒食中秋节。池塘藕换东风雪。东风雪,梅花玉笛,楝花丝缬。

按:见《闺秀词钞》。

其二

垂珠箔,相邀女伴依妆阁。依妆阁。闲敲棋子,夜灯花落。　　转更渐冷嫌衣薄。呫吟不睡寻衫著。寻衫著,窗纱透晓,背灯才觉。

按:见《闺秀词钞》。

双调风蝶令·戏有赠

躲袖笼鸳钏,拖裙掩凤鞋。盘云半臂趁身裁,日换时新银炼与金钗。　额发中,年画,妍媸背面猜。等闲结伴步香街,傲说苏州两字笑人呆。

按:见《闺秀词钞》。

双调忆王孙

满地红飞成画景。余别院、短柯风冷。化工不肯弃零缣,也抹上、胭脂粉。　春来酣处归期紧。听一夜、小楼雨阵。子规生恨看花迟,特唤起、春眠醒。

按:见《闺秀词钞》。

沁园春·悯鹤,恭呈家大人,丙子

鸣亦依人,食亦依人,舞更态妍。溯来从沧海,青霄梦隔,调经仙吏,碧眼缘牵。此日供粮,他年作骥,君亦何嫌琴椁间。三年矣,忽营巢育子,惹病魔缠。　林泉莫可供眠,便迫致肝肠余憾添。叹竭来归去,迹离华表,数同尸解,羽化吴天。亡友名山,华阳真逸,瘗鹤风流相后先。痴儿女。拟葬经图说,聊附铭镌。

按:见《闺秀词钞》。

摸鱼儿·秋夜

问西风、甚时吹紧,催将鸿雁声悄。菊花拌坏重阳蕊,凉夜月圆天小。炉篆袅,晕一缕、仙云不碍飞琼笑,莺烦燕恼。道辜却韶光,传来冷信,逐渐岭梅早。　　谁家院,箫韵凄眠度晓,声声心事缠搅。丹凝禅悟寻常耳,还是文园幽妙。闲自料,烟云幻、繁华转眼成秋草。朱颜未老。正力避吴霜,冬余强饭,竹素浣尘抱。

按:见《闺秀词钞》。

周桂清,字稚娴,同治时人诸生阙濬鼎室。

唐多令·题德娴姊遗稿二首

其一

别去感人琴,人琴痛至今。乱零笺、剩墨搜寻。提起小鸾传慧业,惹白发,更伤心。　　回首忆鬌龄,双双学诵吟。撇形仪、姊妹联情。赢不生离偏死别,怎半道,便分襟。

其二

襁褓弱伶仃,丝罗谊再深(姊殁后,以"莲女"字甥麟绖）。手携来、乳哺勤辛。幸已扶床教识字，借楮墨，告君听。

便是隔神形，文章荫有灵。守遗编、头角聪明。自古名花虽易落，终结子，绿成阴。

吴翠云，以字行，光绪时人，四川原籍，翰林院编修经世簉室，无子，早卒，以嫡子国楷官阶虵封淑人。

忆王孙·秋夜独坐

频将罗扇扑流萤。烛烬香残冷画屏，为爱新凉户不扃。坐中庭，细数天边几点星。

李淑琴，以字行，光绪时人，翰林院编修经世女，年十五岁，未嫁，以喉症卒于光绪甲午五月廿六之辰。

浪淘沙·新秋乍凉

微雨晚来晴，暑退凉生。湘妃竹榻玉阶横。今夜人家贪睡早，景色凄清。　　云吐月华明，冷露无声。梧桐院落草虫鸣。偏是扰侬眠不得，街鼓三更。

李道清，字味兰，光绪时人，邮传部侍郎经方女，常熟举人杨鉴莹元室，著有《饮露词》。

忆王孙·丁酉七夕，云史将有秣陵之行，原调和之

坐听烟露下丛兰，秋月今宵共指看，明知小别总难欢。已秋寒，别后君休独倚阑。

相见欢

昼长正自堪眠，雨帘纤。半是开花时候、落花天。
春如梦，闲愁重，总堪怜。无奈去年今日到今年。

浣溪沙

小阁红箫韵未休，碧烟狼藉百花洲，春阴暗暗梦悠悠。
蝴蝶路迷芳草远，黄鹂声住水东流，古来谁得倩春留。

浣溪沙

促织凄鸣月亦秋，兰桡轻泊藕花洲，碧梧梢影小楼头。
阶下绿芜留别梦，陌头杨柳系离愁，金风时动玉帘钩。

浣溪沙

碧水悠悠澹远空，无言闲立画桥东，夕阳影里落花中。

有恨门开千岭绿，无情帘卷一庭红，黄昏惆怅雨和风。

浣溪沙

水榭烧香云满天，月明花底荡秋船，玉人无寐睡妆残。
白露濛濛花梦冷，银河澹澹水声寒，清歌一曲水云间。

浣溪沙·秋夕夜起纳凉和秋史

露脚无声云髻拖，银床低敛玉筜和，藕风一线晃帘波。
近水阑干人坐处，满身明月望秋河，此间清影纳凉多。

浣溪沙又一体

辘轳金井谁家院，银河明灭参差见。一桁珠帘难放卷。
朱阑六曲凭千遍，慵爇金猊沉水片。一砌秋虫清夜怨。

减字木兰花

孤城云外，当日楼台今孰在。细雨红楼，一夜江声枕上愁。　　山川如许，彩笔题诗深夜语。入耳砧声，扬子江头月自明。

菩萨蛮

博山香定烟丝直，薄妆闲坐西窗侧。棋罢正思眠，画屏春夜寒。　　玉阶苔藓薄。花雨帘纤落。春恨自阑珊，梨花露未干。

菩萨蛮

莲塘夜静箫声起,银屏梦觉凉如水。玉臂卷湘帘,星河秋满天。　　悠悠今夜怨,只有鸳鸯见。清影不分明,巧云移月行。

更漏子·秋思

菡萏香,龙须冷,帘子风摇难定。还对镜,更添衣,玉墀清漏稀。　　画楼近,天涯远,梦里醉中恩怨。无可奈,不堪寻,小庭秋雨深。

少年游

遥波无际,片帆不动,烟雨绕江楼。洞房春晓,珠帘半卷,人在柳梢头。　　桃花浪涨春愁远,此意倩谁留。诉与春庭,落花知道,又恐落花愁。

浪淘沙·春闺

柳叶澹如烟,柳絮如棉。黄莺紫燕共缠绵。一片飞花斜日里,红过秋千。　　无语下珠帘,怕听啼鹃。闲悠怅触上眉尖。一曲琵琶浑不是,廿五从弦。

临江仙·丁酉之秋，云史赴金陵，填《临江仙》一阕寄示，率和之

一寸离愁千里梦，近来梦也无踪。清秋凉意入房栊。片云来月地，疏雨落晴空。　　云鬟清凉花气澹，夜深独倚梧桐。下帘声在雨声中。一腔离别意，料得与君同。

临江仙

锦帐香微云鬟揾，春肌沁暖瑶簪。残宵有梦待重寻。人归还有恨，春去未关心。　　休说从前多少事，从前怎及如今。小桥流水暗沉沉。月明人弄笛，青琐杏花深。

青玉案·暮春

海棠澹白胭脂褪，更寂寞、无人问。九曲回肠君莫讯。如今猜透，春愁离恨，总是词人分。　　博山一线春寒紧，侍女初将翠裘进。何处销魂销不尽。碧纱帘外，飞花成阵，又是黄昏近。

彭淑士，字亦婉，号葆青，光绪时人，安徽无为州知州、长洲彭名保女，山东补用道李国模室，著有《碧梧轩诗存》《绣冰词》。

十六字令四首

其一

详,过眼空花易散场。金弹子,切莫打鸳鸯。

其二

猜,待月文窗面面开。花影动,可有玉人来。

其三

他,日向城南问狭邪。章台柳,飘尽白杨花。

其四

娇,家在扬州廿四桥。明月夜,吹绝一枝箫。

忆江南·悼陈姬秀珠

长相忆,回忆夜阑时。翠袖添香炉火活,红窗刺绣剪声迟。脉脉两情知。

忆江南·江南杂咏七首

其一

秦淮好,金粉六朝痕。画舫烟波桃叶渡,酒帘风雨杏花村。冶客最销魂。

其二

春申好,盛会记龙华。柳绿桃红前后树,衣香鬓影去来车。三月闹莺花。

其三

姑苏好,灯火旧山塘。邓尉梅花香雪海,虎丘月色绮罗乡。船菜媲余杭。

其四

梁溪好,水木甚清华。雪后景摹梅里画,雨前香品慧泉茶。园榭顾秦夸。

其五

南徐好,幕府重前朝。云影沙痕团铁瓮,江光山色现金焦。风卷海门潮。

其六

芜城好,艳史纪隋家。御观琼花形化蝶,河桥杨柳迹栖鸦。磷碧玉钩斜。

其七

于湖好，鸿爪印江南。菊部秋伶年十五，桃潭春水月初三。香梦我同甘。

忆江南·即事

芳草碧，一抹短长堤。画阁春深莺语滑，玳梁风暖燕归栖。往事怕重提。

忆江南·饯春

送春去，须待隔年来。廿四番风容易过，千金一刻好追陪，只怕晓钟催。

谢秋娘·春眺

梧馆碧，悄对日昏黄。曲径苔痕黏蛱蝶，方池莲叶护鸳鸯，令我断愁肠。

捣练子·春困

春欲晚，日初长，一树花开满院香。帘幕沉沉人意懒，好凭鹦鹉唤茶汤。

南乡子第二体·祝可亭弟三十初度

梅岭春回，小阳酒暖寿筵开。更祝北堂萱荫被，斑衣戏，莱子娱亲称盛事。

忆王孙·感时

山河锦绣遍荆榛，莽莽虫沙劫后身。慨我重为离乱人。不逢辰，何处桃源堪避秦。

如梦令·酷暑

身处炎威地位，釜面汤波如沸。蒲扇手频挥，依旧汗流浃背。且避，且避，酷吏从来可畏。

点绛唇·落花

剩粉零脂，枝头又褪红多少。数声啼鸟，破梦纱窗晓。
十万金铃，护惜须宜早。安排好，春光易了，莫待无花恼。

点绛唇·首夏即景

四月清和，乡村已见闲人少。蚕桑才了，赌插秧畦稻。
幽闷恹恹，长日如年小。茶烟袅，山深林杪，闻得莺啼早。

采桑子·张四姑母茹素念佛，聊撰数语以志信仰

宣扬佛理明宗教，俗累都抛。妄念全销，首重清修第一条。　　拈花试向如如笑，久厌纷嚣。暂息尘劳，暮鼓晨钟慰寂寥。

谒金门·送赵八姑母返太湖

秋气肃，邂逅皖公山麓。夜雨西窗亲剪烛，与君话衷曲。　　三径抛荒松菊，熙浦归帆太速。小聚平原期未足，清游何日续。

清平乐·冬夜追忆

城南小榭，社结消寒夜。窗外萧萧风雪下，卧听邻鸡唱罢。　　围炉煮酒烹茶，当筵击鼓催花。昔日梁园宾客，而今海角天涯。

忆秦娥·闻周嗣徽甥女卧病，词以讯之

朔风劲，打窗落叶愁中听。愁中听，璇闺娇女，鱼书报病。　　此时东阁梅开盛，无人共赏幽芳令。幽芳令，小阳春暖，又添诗兴。

白蘋香·自伤

春水一池皱印,问他底事干卿。摧花风雨太无情。槛外落红成阵。　　未必工愁善病,奈何弃旧怜新。谢庭咏絮悄无人。十载韶华一瞬。

西江月·闺中遣兴

懒问米盐琐事,闲寻笔墨陶情。莺啼燕语读书声,真个纱窗人静。　　弹罢七弦琴韵,敲残一局棋枰。绿阴深处嫩凉生,几点苍苔露晕。

西江月·再赠张四姑母

皎皎一尘不染,茫茫四大皆空。须知遇合与穷通,都在黄粱作梦。　　我类点头顽石,师真说法生公。倘开智慧启愚蒙,永世虔心供奉。

南乡子·中秋

息影皖江城,月到今宵分外明。正是秋风容易过,初更,一度悲欢一度情。　　砧杵捣衣声,少妇深闺梦不成。盼断辽阳消息杳,凄清,灯下金钱卜远程。

陈秉淑，字蓉娟，光绪时人，翰林院编修怀宁陈同礼女，江西补用道李国楷室，著有《翠枫阁诗词》。

忆王孙·霖儿初次就傅，词以志喜

其一

朝来喜鹊噪晴檐，学日亲将历本占。师弟趋跄圣像瞻。下帷帘，传语先生督课严。

其二

书箱未改旧家风，适馆延师为训蒙。覆案青毡位向东。告儿童，勿废居诸日月功。

鹧鸪天·广陵怀古，吊隋炀帝

宫殿荒凉锁断霞，行人遥指玉钩斜。忍抛秦陇兴王地，欲取芜城作帝家。　　迷楼筑，锦帆遮，蕃釐御观宴琼花。只今一带垂杨柳，剩有飞萤逐暮鸦。

吴琼华，以字行，光绪时人，直隶补用道鼎业女，分部主事李国环室。

长相思·送舜如回肥

楚江清,吴山青。楚尾吴头路几程,劳劳客未停。　　短长亭,送君行。三叠阳关笛一声,临歧无限情。

李敬婉,字季琼,光绪时人,江苏补用道经邦女,美国工科大学博士、太湖赵恩廊室。

阑干万里心·光绪戊申秋,弦可亭二兄将以崇川钱素秋校书诗集付梓,嘱为题词,固辞不获,率题应命,时年十五

秋花天使傲霜妍,百折千磨忒可怜,好句传愁付短笺。恨绵绵,嵌入春心已廿年。

罗敷艳歌·再题崇川钱素秋校书《吟秋小草》

一身漂泊江南北,恨满心头。泪满双眸,若个人儿无限愁。　　今朝遇了怜才客,两字吟秋。没世名留,便是机涛及得不。

眼儿媚·三题《吟秋小草》

钩心团泪作成诗,展卷意为痴。数行残墨,十分幽怨,一

半相思。　　女儿生受聪明误，平白被愁欺。芜城恨事，鸠江梦影，同入新词。

陈秀珠，字宛如，光绪时人，凤阳府定远县原籍，山东补用道李国模箧室，年十九，以瘵疾卒于宣统辛亥七月之晦。

浣溪沙·宫词

静锁深宫日抵年，双蛾懒画入时妍，昭阳从未得君怜。
春草长门人不见，秋风团扇影终捐，他生勿再堕情天。

孔茜霞，字绮娟，光绪时人，山东曲阜县原籍，江西补用道李国楷箧室。

点绛唇·秋闺病起

一榻西风，卷帘人卧文园病。开奁理镜，瘦影黄花映。
冷雨敲窗，节近重阳令。真凄清，含毫未竟，聊赋悲秋咏。

李家懿，字镜华，号亚铃，民国时人，山东补用道国模女，上海约翰大学毕业生，江宁潘家驷室。

如梦令·吴门春望

郭外山明水秀，陌上绿肥红瘦。燕语又莺啼，大好春光如昼。依旧，依旧，正是伤春时候。

北一半儿·海上公园

碧天星火灿繁楼，仕女如云逐队游。浪蝶狂蜂扰不休。莫回头。一半儿穿花，一半儿柳。

清平乐·七夕

针楼悄步。乞巧因何故。乌鹊填桥今夕渡。静候双星会晤。　　纤云纹薄于罗，银河清浅无波。天上良缘已践，人间好事多磨。

李家恒，字孝琼，民国时人，分部主事国环女，著有《闺秀诗话》。

点绛唇·对月闻歌有感而作

露冷空阶，画阑闲倚诗怀渺。素蟾辉皎，何处歌声绕。

玉笛无情,吹彻秋光老。忧心捣,甲兵遮道,回首乡园杳。

踏莎行·月夜书怀

小阁凉生,空阶人悄,阑干徙倚愁肠绕。故园何处梦难成,羊灯欲烬烟犹袅。　　刻漏沉沉,繁星皎皎,银河倒挂天将晓。邻鸡喔喔动荒村,朦胧曙色明林表。

补遗

李天馥,见卷一。

天仙子

愁似游丝无住著,人如落瓣多轻薄。等闲一去不归来。书空约,心难托,生生为你成耽搁。(见周瘦鹃《情词》)

李国模,见卷四近人。

南浦月

蓦地相逢。枣花帘子桐花院。秋波斜眄,密意深深现。话满心头,欲诉卿之面。无由便。倘教留恋。羞于旁人见。

浪淘沙·代殷馥庭兄贺其友人张君新婚

佳丽擅江东,锦绣帘栊。笙韶叠奏响云中。蝴蝶一双飞不去,出入花丛。　　京兆旧家风,笔夺天工。描摹深浅在眉峰。低问张郎时也未,可与人同。

南乡子·大雪，概括唐人诗意

风雪满江干，只有渔翁不畏寒。一笠一蓑舟一叶，垂竿，独钓芦花浅水滩。　　树白半枯残，山径崎岖路未干。依约空枝巢冻羽，飞难，道上行人绝往还。

彭淑士，见卷四闺秀。

迎春乐

银床冰簟多清暇。正待月、西厢舍。秋千索影葡萄架。风过处，交相亚。　　群动息，天街如画。万籁寂、星河倒泄。黠鼠出窥人。静觅食，花砖下。

后　跋

　　合肥自孝升尚书后始有词。复堂老人宰肥时编《箧中词》，而邑人多不与。盖吾肥，国朝习尚武功，间有诗文专家，于倚声协律之学，未闻抽秘骋妍也。家兄筱崖夙富文史，兼嗜乐律，感乡邦文献久湮，乃尽发藏书，搜辑乡人词曲，厘为四卷，并谨附先太史公暨家人诸阕，梓以问世。含宫咀商之流，选调择腔之妙，藉与金石同寿。笈中秘宝，应推首屈一指。楷何人，斯得厕名于帙末，亦云幸矣。庚午仲冬弟国楷谨识。

合肥词钞计数

卷一,六人,词一百三十六首

卷二,九人,词一百九十三首

卷三,九人,词一百七十一首

卷四,二十八人,词一百九十二首

以上四卷共五十二人,词六百九十二首

安庆大同印刷局聚珍堂铅板排印

附 录

诰授资政大夫二品顶戴山东候补道筱崖先兄行状

李国楷

曾祖讳文安,道光戊戌进士、刑部郎中记名御史赠光禄大夫大学士一等侯,妣李氏赠一品侯夫人;祖讳蕴章,太学生、候选道赠荣禄大夫,妣程氏、宁氏,赠一品夫人;父讳经世,光绪庚辰进士、翰林院编修、翰林院侍读,衔赠荣禄大夫,妣王氏,赠一品夫人。

先兄讳国模,字方儒,号筱崖,别号瘦蝶,又号吟梅馆主,先太史公长子。幼聪慧嗜学,从太湖李景卿先生习举业,年十六应童子试,列邑庠佾生,援例入监。壬寅、癸卯两试秋闱,不售。旋诏停科举,遂纳粟为道员,晋二品顶戴,赏花翎,发山东。东抚吴赞丞中丞重其才,将畀以屯垦专局。适先母王太夫人肝胃病作,乞假归。时清季不纲,仕途杂进,先兄鄙之;且亲老多病,遂终养不复出。沈涛园中丞署赣抚,以是省工赈需款,特檄委先兄驻皖设局,筹办捐输事宜,任事四年,得款最巨。辛亥秋,革命军起,奉先母避于沪。明年春,先母弃养沪寓,先兄哀昏摧剥,丧葬尽礼。此后复居皖城,闭门诵读,一意著述。尝聚书一楼,收藏善本十余万卷。寝馈其间,益存遁世之念。虽赵次山馆长聘为《清史》馆协修,黄隽珊省长聘充皖公署顾问,均辞未赴,盖淡于荣利久矣。吾家初不病贫,鼎革后家道中落。年来水旱兵戎,叠相侵伐,生计益蹙。先兄日拥书城,行批坐检,处之宴如,论者皆服其度。去年日寇内犯,关东沦陷,忧愤佗傺,咄咄书空。旋得喘疾,赴沪就医,以壬申三月二十一日疾终沪寓,年四十有九。

呜呼痛哉!先兄持躬端粹,廉介方直,交友谦诚,久而弥敬。御僮仆亦无疾言厉色,于国楷更笃友爱,提挈备至。而平生景慕忠义,扢扬风雅,表章乡贤,尤不遗余力。呜呼!此皆先兄之实也。配吾嫂彭夫人,安徽无为州知州、长洲彭名保次女;以从弟国环第五子家震为嗣;女一,适仪征潘家驷。所辑《大观亭志》四卷、《合肥词钞》四卷,久行世。所著《吟梅馆诗》《瘦蝶词》各一卷,待梓。藏书志若干册,未成书,藏于家,兹待卜吉壤,归葬合肥。谨先追述先兄生平行谊事迹,以著于篇,伏乞当世蓄德能文君子锡之铭诔,表微阐幽,传载无极,感且不朽。壬申夏弟国楷谨述。

——李国模《瘦蝶词》附录

参考书目

《白香词谱（学词入门第一书）》，舒梦兰撰，丁如明评订，上海古籍出版社，2001年。

《常州词派通论》，朱德慈著，中华书局，2006年。

《词话丛编》第2版，唐圭璋主编，中华书局，2005年。

《词律》，万树撰，中国书店，2018年。

《词名索引》（增补本），吴藕汀编著，中华书局，2006年。

《词学通论》，吴梅著，上海古籍出版社，2006年。

《定山堂集》，龚鼎孳撰，《续修四库全书》本，上海古籍出版社，2002年。

《龚鼎孳全集》，龚鼎孳著，孙克强、裴喆编辑校点，人民文学出版社，2014年。

《古今词选》，沈时栋辑，清康熙五十五年瘦吟楼刻本。

《古井词谱》，孔祥升校著，作家出版社，2002年。

《广清碑传集》，钱仲联主编，苏州大学出版社，1999年。

《闺秀词钞》，徐乃昌辑，清宣统元年刻本。

《国朝词综》，王昶辑，《续修四库全书》本，上海古籍出版社，2002年。

《近代词史》，莫立民著，人民文学出版社，2010年。

《近三百年名家词选》，龙榆生选编，上海古籍出版社，

2012年。

《民国词学史著集成》,孙克强、和希林主编,南开大学出版社,2016年。

《名家词钞》,聂先、曾王孙编,清康熙绿荫堂刻本。

《箧中词》,谭献辑,《续修四库全书》本,上海古籍出版社,2002年。

《钦定词谱》,王奕清等编纂,孙通海、王景桐校点,学苑出版社,2008年。

《清词史》第2版,严迪昌著,江苏古籍出版社,2001年。

《清词序跋汇编》,冯乾编校,凤凰出版社,2013年。

《清绮轩词选》,夏秉衡辑,清光绪二十一年刻本。

《清史稿》,赵尔巽等撰,中华书局,1977年。

《情词》,周瘦鹃辑,民国十四年上海大东书局。

《全清词·嘉道卷》,张宏生主编,南京大学出版社,2020年。

《全清词·顺康卷》,南京大学中国语言文学系《全清词》编纂研究室编,中华书局,2002年。

《全清词·顺康卷补编》,张宏生主编,南京大学出版社,2008年。

《全清词·雍乾卷》,张宏生主编,南京大学出版社,2012年。

《瘦蝶词》,李国模著,民国二十二年安庆李氏慎余堂铅印本。

《唐宋词格律》，龙榆生编撰，上海古籍出版社，2010年。

《细说李鸿章家族》，宋路霞著，上海辞书出版社，2009年。

《小檀栾室汇刻闺秀词》，徐乃昌辑，清光绪二十四年刻本。

《瑶华集》，蒋景祁编，中华书局，1982年。

《昭代词选》，蒋重光辑，清乾隆三十二年刻本。

《中国地方志集成·安徽府县志辑》，江苏古籍出版社、上海书店、巴蜀书社，1998年。

《中国古典词学理论史》（修订版），方智范、邓乔彬、周圣伟等著，施蛰存参订，华东师范大学出版社，2005年。